文芸社セレクション

ジェロニモの末裔

Descendant of the Geronimo

千樹 豪

SENJU Go

文芸社

目次

＊本書には今日の人権意識に照らして不当・不適切と思われる語句や表現がございますが、時代背景と作品の価値とにかんがみ、そのままといたしました。

第1章　寄宿学校

何の為に？

と、当たり前のことに疑問を持つことすら許されない同調圧に存在意義さえも圧し潰されるのであれば、自分しか証人のいない試練に立ち向かう方がまだましだと思った。

今、僕はニューメキシコ州アルバカーキーにいる。

ヒスパニック系が多く住み合衆国で5番目に大きい面積を持ち、アドベ建築と呼ばれる砂に粘土と干し草で出来た薄茶色の建物が立ち並ぶ、標高約1600メートルの乾燥地帯にある高校は、19世紀後半に始まり1クラス8名くらいのミッション系で寮もあり、海外からの留学生も受け入れていた。

朝の礼拝が終わり1限目のアメリカ史のクラスに向かった。

日本の学校とは違い飴やガムは当たり前で、衝撃的だったのが授業中だというのに堂堂とホットコーヒーとドーナツを食べる生徒もいるのに、先生は注意すらしないカルチャーショックに、流石は自由の国アメリカと感心した。

インディアン文化が今日の授業内容だった。

プエブロは定住型で代表的な部族はナバホ族、それとは対照的な遊牧狩民族の代表的な部族はアパッチ族などと黒板に先生が列記し、教科書の終わりにあるインデックスのAの項目を調べると、アパッチ族は最後までアメリカ合衆国に抵抗した敵と記載されていた。

1限目のアメリカ史が終わり2限目の美術史の教室に向かっていた。

日本とは違い毎授業ごとに教室を移動する。

校舎の中庭を抜けて倉庫のような教室は内装が剝き出しで気に入っていた。

コンピューターとアートと黒板に書かれスライドで色々な種類の文字が映し出された。

その中にＥＭＯＪＩと記載されたものがあったので勇気を振り絞ってこの学校で初めての質問をした。

「マンガやアニメもアートと呼べますか？」

周りに座る生徒達はどっと笑ったが、受けを狙って質問した訳ではなかったので思わず赤面してうつむいてしまった。

「もちろんです」と先生が答えたら生徒たちが静まった。

「芸術はどこにでも宿る。君たちはコンピューター・ネイティブだ。仮想空間の中にも芸術があります。今はまだ気づかないかもしれませんがいつか思い出してください。美を感じる感性も持つのと持たないでいることに差があることを、そして、産業製品の中にも芸術があります。誰からも愛される製品のデザイン性と性能などがそうです。私が思う最も美しいプロダクト・アートはローランドのＴＲ−９０９です。その製品は発売当初最先端過ぎて理解されなかったのであまり売れませんでしたが、テクノやハウスと言ったエレクトロミュージックが爆発的に流行し、その中古品が高値で取引されました。１９８３年から１９８４年に1万台製造され約40年。それが今でも世界中の音楽業界を牽引している事実があります。皆さんも一度はその音を聞いたことがある筈ですよ。これ以上、脱線すると授業に響きますので、知らない人はジェフ・ミルズをググって下さい」と言われたのでノートの端にその名前をメモした。

大きな作業テーブルの向かいに座るさっき僕の質問を笑っていた生徒が「グッジョブ」と声を掛けてくれたので「テンクス」と返した。

3限目の数学は中学生レベルの方程式だから余裕だったが、つい心配なってしまい「微分や積分はいつから勉強するのですか?」と授業終わりに先生に聞けば、「それらは大学レベルだから高校ではやりませんよ」

「そうですか。あと、テストのときに電卓を使ってもいいのですか?」

「もちろんだよ。SAT（大学入試共通テスト）でも使用できますよ」

4限目は国語。

スペリングの小テストで全問正解。

苦手な科目になってしまう。そう、危惧していたが、実際には授業にもついていけそうだった。今学期の課題はシェイクスピア作品でマクベスだった。それをDVDで見たら古典のイギリス式英語と現代のアメリカ式英語のアクセントの違いを感じ、俳優の実力はこういった作品で評価されるのだと思った。

ランチを挟み5時限目は宗教学科これが一番大変だった。

難解な古文が出てくるために電子辞書では歯が立たないし、国語の授業以上に読まなければいけない課題が毎日出されるので日本語訳の聖書を読んでなんとか理解したが、他の生徒の何倍も時間が掛かるのだった。

6時限目のバイオロジー。

内容は難しくはないものの、知らない用語が毎回20以上出てくるから専用の暗記カードは3本目になっていた。

日本では毎日違う授業カリキュラムを行うのに対して、こっちの学校では学期内は1週間続けて同じ授業カリキュラムだから合理的で、教科が少ないから集中できると思った。

つまり、3ケ月で6教科しか勉強しないのだ。


放課後は3対3でバスケをしてから寮に戻り夕食まで昼寝した。

夕食は旨からず不味からずの厚切りハムとパイナップルの煮たものにパンとサラダだった。

よく海外の飯は不味いとは聞いていたが、ここでは次元が違った。

この料理はいったいなんなのだ。

献立表を見れば、ハム・ステーキと表記されていたが、ハムは焼いていないし塩味が強すぎる。

さらに、それを甘ったるい缶詰のパイナップルの汁で煮込んであるのだから、美味しいものを作ろうとする気がまったくないようだ。

昼食は通いの生徒がいるから、まだマシだが、夕食は地獄だった。

学生寮の自主勉強時間が終わり、9時から消灯の10時まではたいがいテレビをリビングで見ていた。

　今夜はお笑い番組を見るようだ。

　日本とは笑いのツボが外れていたが、独特なユルさに加えサイコパス的なテンションにハマりつつ英語の勉強にもなった。

　ソファーの隣に座ったフランシスコが日本のアニメーションの方が面白いと言った。

「フランシスコはどんなのが好き？」

「マクロスとかガンダム」

「巨大ロボ」とつい笑ってしまった。

「オタク」とジェリィがチャチャを入れてきた。

「うるさい。ジャックオフ（マスカキ）話に割り込むな」とフランシスコが迷惑そうに眉間にしわをよせた。

「マンガなんてガキとオタクが見るものだファッキン・フリーク」

「マンガを最近では、グラフィック・ノーベルと呼んでいるよ。そんなことも知らないのか？　ファッキン・モーラン（低能）」

　スラング交じりの言葉の応酬が酷いがいつもこんな感じだ。

　そこに、ジェームス・ソングも参戦した。

「2人ともいい加減にしろ。じゃあ、ジェリィはどんなのが好きなのだ？　ハリーポッターとか言うなよ。元カノが読書好きと言っていたから、どんなの読むのと聞いたらハリーポッターとかロードオブザリングだって、それ、それ、聞いてドン引きしたよ」

「それ、元カノに振られたからだろ」とフランシスコが透かさず指摘した。

「そんなのどうでもいいのだよ。アイツはビッチだから。それに俺は今ジェリィと話しているのだ。ファキン・ナード。で、ジェリィはどんな小説とか映画が好きなのだよ」

「タランティーノ」

「へぇ。俺も好き。彼の撮った映画の中で、どれが好き？」

「一番好きなのはパルプ・フィクション」

「じゃあ。あれ知っている？　ボスのマーセル・ウォレスのブリーフケースの中身？」

「金塊だろ」とジェリィがそんなの当たり前だろと答えた。

「いや違う。マルティネスの魂が封印されている」

「嘘だ。鞄を開けた時、金塊に光が当たって反射していた」

「でも、ブリーフケースの中身は映ってなかっただろ」とジェームスが眉をつり上げた。

「まあ、そうだけど。でも、鞄に魂が入るわけない」

「映画の中でマーセルの後頭部に絆創膏をしていただろ。あそこに穴が空いていてそこから魂を引っこ抜いて鞄に入れた。それにサミエル・L・ジャクソンが演じるジュールスが唱えるエゼキエルの25章の第17も前半部分はでたらめだ。聖書を改変して引用するなんて悪魔的だろ」

「怖いな、それ。ジェームスがそんなに映画に詳しいとは知らなかった。それじゃ、ジェームスの好きな映画は？」

「そうだな。エンゼル・ハートかな」

「なにそれポルノ？」

「違うよ。ミッキー・ローク主演の映画。悪魔に魂を売って芸能界で成功した主人公が、他人の体に自分の心臓を移植して悪魔との契約から逃げ切ろうとする話。悪魔役のデ・ニーロが茹で卵を食べるシーンが一番怖い。それが、まるで人の魂を食べるようで、そのシーンを見てから茹で卵が食べられなくなってしまった」

「コワ！　聞かなければよかった。ジェームスと話していると眠れなくなりそうだから、俺は部屋に行くよ」とジェリィがソファーから立ち上がりジェームスもおやすみと言ってラウンジから出て行った。

　消灯時間は迫っていたが、ソーダを飲みながらフランシスコと話を続けた。

「マクロスとかガンダムはテレビの再放送とネットでしか見たことないから、ところどころ話が抜け落ちているけど、小学生の頃はプラモデルを作ったこともあるよ」と僕は話を戻した。

「僕も作った。日本のプラモデルは良く出来ているよ。接着剤もいらないし、塗装をしなくていいから手が汚れなくていい。でも、シリーズのＤＶＤの種類が多すぎて、どれを見て、どれを見ていないのか混乱してきたから調べてみたら、ガンダムシリーズが60作品位あった。古いのは１９８０年代からあるからね」

「そうだね。僕の父さんの子供の時代にガンダムのプラモデルが流行ったと話を聞いたことがある。そのプラモデルの売れ切れが続いて、プラモデル屋の入荷日には開店前から長蛇の行列が出来たって言っていたよ」

「そうなんだ。でも、そこまでして買おうとは絶対に思わない。ネットで買えるしね」

「便利な時代なのかもね」

消灯時間となり寮母のミズＡがラウンジの蛍光灯を消しにきた。

「おやすみなさい。ミズＡ」と部屋に向かった。

消灯後は、ドアの下の隙間から洩れる部屋の光をバスタオルで遮断して深夜まで電子辞書片手に課題の本を読み、ボリュウムを小さくしたラジオからはアラバマ・シェイクスのサウンド＆カラーが流れていた。

零時半過ぎにコンコンっと小さな音のノックが聞こえた。

ドアを静かに開ければシーザーとデニスが顔をのぞかせた。

「ホワッツアップ？」

「ナットマッチ」

「まだ、起きていた？」

「まぁね」

「腹減ったから寮を抜け出さない？」

「ホワイナット」

寮を夜間に抜け出すのは校則違反で停学になるのだが、悪いお誘いに乗った。

シーザーは白のタンクトップに黒の太めのジーンズとスウォッシュマークのスニーカー。

デニスは黒の3本線の入ったジャージに同じメーカーの白い靴を履いていた。

僕は親戚がトルコ旅行のお土産に貰った白いアラビヤ文字がプリントされた黒いTシャツとジーンズに白いスニーカー。

今夜も、いつもの手順で寮を抜け出す。

まず、1階校舎に忍び込み、そこから地下に続く階段を下りて地下のボイラー室から校舎裏手に出るのが一番バレないで寮を抜け出せるルートだった。

バーブワイヤーが上部についた3メートルほどのフェンスを乗り越え、4番通りとメナールストリートの角にある24時間営業のガソリンスタンドに向かった。

電車の線路を越え2番通りを横断をして、ワタバーガーという名前のハンバーガーショップがあるのだが、今の時間帯だとドライヴスルーでしか注文できない。

だだっ広いスーパーの駐車場を斜めに通り抜け、ガソリンスタンドに併設するコンビニがある。

デニスはホットドッグ2つ。

シーザーはチミーチャンガスというチリビーンズを春巻きのように揚げたものと、レジスターの近くにあった大福くらいの大きさの毒々しいショッキングピンクのお菓子を買っていた。

僕はハラペーニョを山盛りにしてチーズのソースをたっぷりとかけたナチョスを購入した。

３人とも待ちきれず歩きながら食べ始めた。

寮の食事が旨ければこんな夜中に買い食いはしない。

後ろから青いライトが迫ってきたが、気にせずに歩き続けた。

ポーッと一度サイレンが鳴り、振り向くと警官がパトカーから降りてくるなりハリウッドの映画のように銃を構えた。

嘘だろ。

頭が真っ白になりなにが起こったのか判らなくなった。

「フリーズ！　ドロップ・ザ・バッグ・エンド・プッチョ・ヘンズ・アップ！」と警官が叫んだ。

「おもいっきりふて腐れた顔して言われたとおりにすればいい」と焦り顔のデニスとは対照的に目は向けずに小声でシーザーが冷静に言った。

銃を構えた警察官は、逆らえば有無を言わせずに発砲するのだろうから顔が引きつり震えて、とてもふて腐れた顔などできずに、どんな表情かもわからないまま警察の言われた通りに手を上げた。

銃を構えて気合いの入った警察官は、３人の変顔に意表を突かれて我慢できずに軽く吹き出したように見えた。

やる気をすっかり失った警官は銃をホルスターにしまい込んで、地面に置いた茶色い紙袋の中身を懐中電灯でチラッと確認した。

そして、もう1人の警察官がつまらなそうにIDの提示を求めた。

「そのTシャツの書いてある文字の意味はなんだ?」とまだ威圧的だった。

「ヒトコブラクダ。トルコにある動物園のオフィシャルTシャツです」と答え、背中にプリントされたラクダの絵を指した。

「そうですか」と急に態度を一変させた。

デニスと僕は学校の身分証明書を見せたが、シーザーは持っていないと言いはり財布の中身を見せた。

諦めた警官は警察車両に戻り2人のIDを照会した。

「なんで、あんな変な顔をしたのだ?」と警官がIDを返しながら聞いた。

「アイ・ドン・ノー」とシーザーがトボケタ素振りを見せ肩のホコリを払う仕草をしたが、警察たちはそれ以上何もできなかった。内心、学校に通報されたら面倒だと思ったが、「早く帰りなさい」とだけ言われその場であっけなく解放された。

「銃を突き付けられたのは初めてだよ」と僕が興奮気味に言ったら、デニスは少し青ざめた表情で「俺も」と答えシーザーはなにごともなかったかのように涼しい顔をしていたが、

「ファキン・ピッグ。あいつら、いちいち大袈裟だよ」と眉間にしわをよせ地面に唾を吐

いた。

「なんで、ここまでするのだろ」と呟くと、

「お前の着ているTシャツのせいだろ。暗がりだとイスラム国の国旗か、なにかに見えて、あいつら俺らのことをテロリストと勘違いでもしたのだろ？」とデニスが笑いだした。

「マジでヤバいなこのTシャツ」と今更あわててTシャツを裏表に返して文字が見えないように着直した。


寮には戻らず気晴らしに学校の前にある墓場を散歩した。

銃を突き付けられたショックがまだ残ってもう寝付けそうになかった。

しかし、デニスは墓場に来るとさっきよりも青ざめていたのでシーザーは笑わそうとした。

「オレら3人が相手だったら幽霊くらいフルボッコだ」

「お化けは実体がないから、ぶっ飛ばせるわけない」とデニスは真顔で答えた。

「エグザクトリー。実体がないから居ようが居まいと関係ない。こっちからは見えないでもあっちからは見える。見えないふりして心霊スポットで度胸試し闇夜に響く叫び声。トゥ・イン・バケット・マザ・マザ・ファケット。ミスタープッシー・バスタ・アス」とシーザーが韻を踏んで、でたらめなラップを返すと、デニスはいつものお調子者に戻り、今日一番のクレージーなことを言い出した。

「ねぇ、これから閉鎖寮に行かない？」

「マジかよ？　ヤバくね」とさすがのシーザーも一瞬尻込みした。

「いいね。行こう」と僕は冷静かつ平然と答えてわざとらしくシーザーの方を見返した。

「マザーファッカー、まぁどうせ、ファッキンいつかはこういうことなると思ってはいたけど、まさかファッキン今夜行くとは思ってなかっただけでチュパメ・ベルガ・ムチョ・カブロン」とメキシカンギャングっぽいスラングを披露した。

歴史ある学校だから、数多くの怪談や都市伝説があったが、その中で一番信憑性が高いものが閉鎖寮だった。

僕らが聞いたのは、彼女はチアーリーダーでホームカミング・クイーン候補者だったのだが、両親の離婚によって転校することになった。

もしも、彼女がこのままこの高校にいれば、毎日が輝き続けただろう。

しかし、他校にいけば、全てを一から作り直す必要性があった。

それを吐き出せず、追い込まれ、無力さを思い知り、自殺してしまった。

学校の図書館の裏手にある閉鎖寮は、この学校怪談を知らなくてもホラー映画のロケーションのようで異様な雰囲気を醸し出している、そのドアの前に立った。

「デニス。例のアレを出せよ」とシーザーが言うとデニスが1本の古い鍵をポケットから取り出してシーザーに渡した。

「なに、その鍵？」

「昔のマスターキーだよ。でも、今年から学校の鍵が新しくなったから、もう、使えるのはここだけだけどね」

「でも、なんで、そんなものを持っているの？」

「まぁ、寮の伝統みたいな感じかな。去年の卒業生に貰ったのだよ」

「入ろうぜ」とシーザーがドアを開けた。

　1階はラウンジになっていた。外のオレンジ色の電燈が窓から入ってくるだけ、だからよくは見えないがカウチから電子レンジまで当時の生活がそのまま残っていた。密閉された室内はホコリと湿気が満ちて息苦しい。真っ暗闇な階段はホコリでザラつき気持ちが悪い。スマホを懐中電灯代わりにしてゆっくりと上り、木製の階段がきしむ音が響いた。2階の北側の角が噂の部屋だったが、ドアは取り外されて中にはなにもなかった。しかし、その隣の部屋はあきらかに異様であった。この部屋だけ封印するかのようにドアがあった。ドアを開けると壁一面に大きな女性の顔が描いてあった。そしてこの部屋だけにベッドも机も椅子も残っていた。そして、ノートやら教科書や服が床に散乱し黒い染みがあった。

「うわ、なんだ。ココ。なんで、この部屋だけ散らかっているのだよ？　ヤバいから、早く出よう」とここに来たがっていたデニスがおびえた。

「ここに来た証拠に写真撮ったら帰ろう」とシーザーが辛うじてなだめ恐る恐るデニスがスマホで写真を撮ると、無数のオーブが映り込んでいたので「うわっ」と声を上げた。

「そんなにビビるなよ。ホコリがフラッシュに反射しただけだ」とシーザーが怪訝そうに画面を覗きながら「じゃあ、下の階段でもう一枚撮ろう。だいたい、ここに来たのはお前の提案だろ」と仕切り直した。

「オレさっきからずっと誰かに見られている気がする」とデニスが言うと同時にパンっと破裂するようなラップ音がし、顔を見合わせ本気の猛ダッシュで閉鎖寮から男子寮の近くまでくると、息を切らせながら3人ともホッとして笑い始めた。

「ヤバかったな。パンっと鳴ったよな。聞こえただろ」とシーザーが大きく肩で息をしながら興奮気味に言うのだった。

「あれはマジの怪奇現象だ」と言い終えようやく息が整い始めた。

「こんな写真は消去するよ」とデニスはデリートボタンを震える指で押した。

「今夜あったことは誰にも言うな」と真顔のシーザー。

「あ、錠閉めてこなかったけどヤバくない？」

それを聞いた2人とも嫌な顔をした。

「じゃあ。ジャンケンで負けた奴がカギを閉めに行ってもらうとしよう」

「ストーン・シーザー・ペーパ！」

デニスが負けて半ベソをかきながら走って行く後ろ姿にシーザーが笑いながら追い打ちした。

「おーい！　デニス！　気が向いたら、もう一度、2階で写真撮ってきてくれないか？」

「誰が撮ってくるものか！　シェット・ヘッド」と負け犬の遠吠えが返ってきた。

第2章　メスカレロ・レゾベーション

週末はインディアン居留地で過ごしている。

数学の授業で隣の席に座るネイティブアメリカンの生徒と言葉を交わすようになったのがきっかけだった。

そして、いつの間にか彼も昼食時に寮生の陣取るテーブルで一緒に食べるようになった。

「ちょっと時間ある？」と黒いカーボーイハットを被りGジャンにロデオのTシャツ、ブルージーンズにカーボーイブーツ姿のロッキーが教室の移動中に声を掛けてきた。

「いいよ。どうしたの？」と立ち止まった。

「週末に居留地に行くけど一緒に来ないか？」

「もちろん行く。逆に行かない理由なんてないよ」

「ライドオン。じゃあ詳細はランチの時に話すよ」

「クール」と流行の握手でパチンと鳴らせた。

お昼になり学食の外にあるコンクリート製のテーブルに向かった。

ロッキーはそこにニューメキシコ州の地図を広げた。

「アルバカーキーは州の真ん中よりも少し北側で、一番下のメキシコと国境にある町がテキサス州のエルパソだ。そこから少し北にメスカレロ居留地がある。結構遠くだろ。車で4時間くらいはかかる」

「ホワイトサンズに近いね」

「ホワイトサンズまでは居留地から車で４〜50分かな。でも、今回、フユトを連れて行きたいのが３８０号線にある原爆実験場、今週末が丁度オープンハウスだからグランドゼロまで行ける。オレもまだ見たことはないけど爆心地の砂が溶けてガラス状になったトリニティサイトという緑色の石がある。それを儀式で使うからメディスンマンに取ってくるようにとお達しがあった。これって結構名誉なことで成人の儀礼でもあるのだよ。決まりがあって１人だけサポート役をつけなければいけないのだけれども、俺はアルバカーキーに居るから居留地の友達と都合が合わなくて、そのサポート役、フユトに頼むことできないかな？」と真剣な表情で頼み込んできた。

「いいよ。でも一つだけ条件がある。いつでも良いからホワイトサンズに行きたい」

「わかった。約束は必ず守るよ」

「グッディール」

　ここから見えるアメリカンフットボールのグランドの先にサンディアマウンテンが聳え立ち、正午の風は長閑だったが、僕の中でなにかが変わる予感がしていた。

　土曜の朝10時過ぎに灰色の下地だけで塗装をしていない古いカマロでロッキーが迎えに来た。この州では16歳から車の免許が取得できる。

　彼はジェロニモの写真がプリントされた黒いＴシャツを着ていた。そして、僕はザ・カルトのバンドＴシャツだった。

「昼はサンアントニオにうまいメキシコ料理屋があるからそこで食べよう。今日は、おごるよ」とロッキーが気前よく言った。

「ＯＫ！　じぁ、明日のランチは僕がおごるよ」

「クール！　グッドディール」とロッキーが白い歯を見せた。

車は25号線を南下していく。

アメリカの高速道路は北から南に走るものは奇数で、東から西に走るものは偶数の番号が道路の名称になっているからとても合理的だ。

町を抜け空港の先にある長い上り坂を越えると、地平線が遠くに真っ直ぐ空と大地を分け、助手席から見る空は地平線に近づくにつれ白く薄い青になり、そのグラデーションが何処までも続く。ラジオから流れるガース・ブルックスが歌うカントリーミュージックは田舎のハイウェイにお似合いだ。

暦では秋なのだが、日差しはまだかなり強いので窓を少し下げ涼しい風が車内に流れ込んだ。

「学校で気になる女子いる？」

「いいや、いない。それに卒業したら日本に帰ろうと思う。そういうのが原因で別れてしまうのが嫌だから今は特別な関係を持ちたくない。それより寮の連中とかとワイワイやっている方が楽しいかなぁ。まぁ、でも、同じ空間に同じメンツとずっといるのもシンドイところもあるから誘ってくれて嬉しかったよ」

「そう言ってもらえると助かるよ。俺は車を運転するのが好きだけど、この道ずっと真っ直ぐだから1人で運転しているとだんだん飽きてくる。それに、この間夜中に運転していたら飛び出してきたコヨーテを轢いてしまって運転に自信をすっかりなくしていたところだった。だから、時々でいいから、俺が居留地に帰る時に気が向いたらまた付き合ってよ」

「いいよ。ところで居留地ってどんなところ？」

「メスカレロ居留地は、この辺りよりも標高が高いから高原地帯で木々や草花で溢れている。今はコスモスが見ごろかな。冬場はスキーリゾートだし、夏は避暑地でテキサスからも観光客がたくさん来る。カジノが出来てからはZZ-TOPとかもライブに出ていたりするから結構楽しいイベントもたくさんある。ZZ-TOP好き？」

「もちろん。ビリーギボンズは最高だよ。1959年製のレスポール弾いているギターリストは本物だと思う。彼のギターの名前知っている？」

「ギターに名前を付けているの？　そんなの知らないよ」

「パーリー・ゲイツ」とつい鼻息が荒くなってしまった。

「へぇー。そうなんだ。アーティストは楽器に名前を付けるのが常識なの？」

「常識ではないと思うよ。でも、59年製のレスポールには大体名前が付いている。ロッキーは自分の物でなにか名前を付けている？」

「飼っている馬かな」

「馬を飼っているの？」

「うん。家の下が牧場になっている」

ロッキーはカーステレオのラジオを消しＣＤに切り替え曲が流れ、カマロのエンジン音とベースとドラムの音がシンクロしエレキギターが大音量で奏で始めた。

「この曲のタイトル知っている？」

知らなかったので首を横に振った。

「メスカレロ。つまり、俺らの居留地の歌だ」

なだらかな下り坂の両サイドに地平線がうっすらと白く輝いて見えた。

真新しい艶のある黒いアスファルトは霞んで見えなくなるまで真っ直ぐメキシコに続いる。ところどころ草の生えた薄茶色の乾いた砂漠に、家らしき建物は見える範囲にはどこにもなかった。

遠くにみえる茶褐色の岩山は巨大な象が寝そべって居るかのようだった。

１時間程走ると標識に書かれたソコロと言う名の街に近づくにつれ、次第に家や寂れた工場などの建物が再び見え始めた。

「あと5分から10分でサンアントニオに着く。ソコロの次の出口」

「ノープレブレモ」とシーザーに習ったスペイン語で返した。

ソコロの街並みを抜け程なくしてサンアントニオの出口が見えてきた。

ロッキーは車を右車線に移し出口からの一車線に入るとスピードをかなり落とした。車を滑らせるようにカーブに沿って、そのまま３８０号線に合流し、小さなレトロなガソリンスタンドが見え、そこに車を止めた。

「給油するから」

店内は太ったオバサンが1人いて、暇そうにメキシコ放送のテレビを見ていた。

ソフトドリンクがガラス張りの冷蔵庫の中で並び、その上にある時計は11時半を指していた。

ロッキーが会計をしに店に入ってきた。

「なにか飲み物買う?」

「すぐそこの店でランチにするから後にしよう」

車をガソリンスタンドの裏手に止め直し駐車し料理屋まで歩くことにした。ガソリンスタンドの隣は、アウルズカフェというグリーンチリチーズバーガーが有名な店の本店があった。

「この店アルバカーキーにもあるよ。40号線沿いにある。行ったことある?」

「アパッチ族に蛇は悪魔の使いでフクロウは死の使いという言い伝えがあるから、あの店には入れない。結構、面倒くさい掟がたくさんあるのだよ。しかも、今はオペレーション中だから悪いけどアパッチの掟に付き合って欲しい。伝統的な生き方をしている俺らはタブーも多いけど、それに守られていると言えばわかりやすいかな。まぁ慣れればたいしたことでもないけどね」

「へーえそうなンだ。べつにいいよ。掟は尊重するし失礼がないようにするよ。郷に入っては郷に従えと言うから」

「アパッチ族が重んじるのは尊敬心だ。だから、居留地の中では嘘つきは馬鹿にされる。都会は嘘つきだらけだか、居留地のみんなは苦労しているよ。昔からインディアン嘘つかないとか馬鹿にされてきたけれども、それは約束も守れない連中が世の中にたくさんいると言う証拠さ。大概の約束は頑張ればどうにか達成できる。だから、オレは体を張ってでも約束を守る」と胸を張った。

アウルズカフェの道路を隔てて反対側の黒い建物にロッキーは足を進めた。

店内に入ると、そこは、アンティーク家具が並ぶ快適な空間だった。

観光客は看板も出ていないからここが食堂だと気付かずに通り過ぎてしまいそうだが、地元の隠れた名店なのかもしれない。

ロッキーはグリーンチリのエンチラーダス、エキストラハラペーニョとルートビアー、僕はコーネアバード（豚肉のレッドチリの煮込み）のブリトー、エキストラチーズとハワイアンパンチとコーラのハーフアンドハーフを注文した。こっちでは店の人が、かなり細かい注文を聞いてくれる。チップ制の良いところだと思う。

サルサソースと三角のコーンチップスの山盛りと飲み物が運ばれてきた。

喉の渇いていた僕らが、すぐに飲み干してしまうとウエートレスがおかわりを持ってきてくれた。

料理が運ばれた。

巨大な皿の上の砲弾のようなブリトーを切ると中から大量に溶けたチーズが溢れた。結局、僕は半分も食べられず残りは持ち帰りにしてもらったが、ロッキーは平然とデカ盛りプレートを平らげた。

さらに、食後にソパピエと言う中が空洞で四角い揚げパンが運ばれた。

僕はお腹いっぱいで手もつけられなかった。

しかし、ロッキーは甘いものは別腹と言わんばかりにソパピエの中に大量のはちみつを器用に流し込み食べきった。

ガソリンスタンドまでの道のりは満腹のせいもあり来た時よりも遠くに感じた。僕はベルトの穴を1つ緩めた。

「すごいだろあの料理屋。このあたりで一番有名なデカ盛り店だ。油断して入るとびっくりするだろ」と得意げだった。

「あんなに大きいブリトーを見たのも食べたのも初めてだよ。お持ちかえりのも半分食べたのにまだずっしりと重いよ」とビニール袋を見せるとロッキーは満足気に笑った。

「そうだろ。でも一人前の男なら食い切らないとダメだな」

「知っていれば朝飯抜いてきたのに、それでも食べ切れないと思うけど、ハーフサイズにすればよかった」

「そりゃ、違いない。でも言わなかった？　デカ盛りの店に連れて行くって」とトボケタ素振りを見せた。

「僕が聞いたのはサンアントニオにうまいメキシコ料理屋があるからそれだけだよ。知っていたら面白くないから、まぁいいか。でも、ロッキーは将来フードファイターになれるよ」

「趣味でやるのだったらいいけど、オレはフードファイターよりも山火事専門のファイヤーファイターになりたい。ホット・ショットと呼ばれているのだ。年俸制で危険手当も付くからそれなりに実入りがいいし、働く期間が夏場だけだから冬場はスノボーに専念できる」とさらりと夢を語った。

僕は、まだ、なにが出来るのかわからなく、そして、未来への可能性は無限に広がっていそうだが、現実的には、そうでもないことに気付き始め不安を感じ焦燥感が走っていた。

車は380号線を東にむかって走り出した。

サンアントニオの小さな集落を過ぎると、リオグランデ川が流れ長閑に浮かぶ雲が時折日差しを遮った。

車の中では、スマホのプレイリストからテクノが掛かりシャカシャカ鳴るシンバルとシンセが心地良い、曲は歌詞が後半から日本語になったので真似して歌うとロッキーが笑った。

「ぼくは音楽家。電卓片手に♪」

「その日本語どういう意味?」

「アイム・ミュージシャン。ホールディング・ア・キャクレター・バイ・ワンハンデット」と英語に直訳した。

「これ姉の好きな曲。彼女は来年大学を卒業するんだけど、なかなか仕事が見つからないから、母さんと時々衝突するので地雷を踏まないように注意して欲しい」

「わかった」


１時間ほど真っ直ぐ東に延びる太陽に焼かれ荒れひび割れた灰色のアスファルトに、低草木と乾いた砂ばかりの単調な風景を見続けていた。

道を右に曲がり小高い丘を越えゲートらしきものが先に見えた。

ＧＩカットの迷彩服を着たＭ16ライフル銃を肩から提げた軍人にチケットとＩＤを提示すると、赤と白ストライプのゲートが開いた。

しばらく道なりに走り白い建物が見え、その先の駐車場に車を止め歩き出した。

矢印の付いた木製の看板にはグランドゼロまで１マイルと書いてあり、遠巻きには軍人が双眼鏡を手に監視している。看板には大きな字で石や動植物などの採取をしないようにと警告文があった。

一見する限りここで原爆実験をしたのがわからないが、よく地面を見るとしだいに緑色のガラスの粒が所々に散乱してきた。

ロッキーは靴紐を縛るように屈みながら大きめの塊を採取した。

僕もそれを真似て小さなガラスの粒を拾い集めた。

爆心地には4メートル程の高さの石碑が立っていた。

展示スペースで動画撮影やテントで売っている記念品やTシャツなどを見ていたらパンフレットを貰った。

それを読んだロッキーはこう切り出した。

「なんでミサイルの名前って変テコなのだろう。名前をつけた奴らのセンスを疑うよ。マニアックなフリークだ。ファットマン（デブッチョ男）とリトルボーイ（チビ少年）だと、まったく、ふざけやがって！　母なる大地を平気で汚してこんな実験をするなんて正気の沙汰とは思えないマザーファッカーだ」

パンフレットにはファットマンは長崎型、リトルボーイは広島型などと書いてあった。

約70年前にキノコ雲の下ここで実験された核爆弾が日本に投下された。

それを読んだら急に複雑な気持ちになってしまった。

「この辺も昔はアパッチ族の縄張りだったのに悲しいよ、本当に。ここには太古から精霊が宿る場所だった。向こうの丘の先には湖がある。アパッチ族にとって、ここはメスカレロとヒラの山岳部を繋ぐ中間地点にある大切な砂漠のオアシスだったのに、それをこんな原爆の実験に使うなんて信じられないよ」

「そうだったのだね」

「ここは降水量の少ない砂漠地帯だろ。だから、水は本当に大切なものだった。インディアンの儀式のほとんどが雨乞いだよ。知っていた？」

「アメリカ史の授業で先生がアニミズム的な呪術と呼んでいた」

「そう、俺らアパッチ族は文字を持たないから歴史や文化は全て話や歌で伝承し続け、言霊は魂を受け渡すことが出来る唯一の方法だった。それを発達の遅れた徴候と勝手に否定され、強制的に英語を押し付けられ文字を持たされた。文字を持つことは自然と人間を繋ぎ合わせる契約を破ることになる。だから、もう、インディアン文化は崩壊寸前だとスタンが言っていた」

「スタンって誰？」

「この石を欲しがっていたメディスンマンだよ。明日、会うことになっているからフユトにも気に入ってもらえるといいな。彼はナイチ・コーチーズの末裔だから本当だったら、今頃、アパッチ族の酋長だ」


ゲートから380号線に合流し再び東に向かって車を飛ばした。

正面に見える砂漠を遮るかのように荒涼としたなかにも厳粛な山を指した。

「あの山の麓に居留地がある」

まだまだ先は長そうだ。

茫漠として広がる砂漠の一本道を小一時間程車で走り、カリゾゾと言う町の標識が見えてきた。町は十字路にガソリンスタンドが左右の道を隔てて1軒ずつ、カフェが1軒、そして、ホラー映画に出てきそうなフォーウィンドと看板がかかった古びた平屋のモーテルが1軒。

　これを町と呼ぶには哀しすぎる場所だと思った。

「ずいぶんと寂れた町だね」と率直な感想を述べた。

「そうか、地元住民にとってはオアシスだ。ここがないと休憩できる場所がどこにもないからな。真夏に来たら日陰があるだけでもありがたいと思えるよ。焼けるように暑いからこの辺は。ところで、２００１宇宙の旅って映画しっている？」

「しらない」

「最初に猿のシーンがあるのだけど、この近くに、そのロケーションに似ている場所があるのだ。説明するよりも行った方が早いかもね。アレグロとかバグダッドカフェは？」

「しらない」

「あんまり映画好きじゃない？」

「ヤングガンは見た。あれを見てから、いつかホワイトサンズに行きたいと思っていた」

「ヤングガン2の方だね。西部劇が好きだったら、この辺の風景はそれに近いかもね。ニューメキシコって結構ハリウッド映画のロケーションになることがあるよ。フユトが生まれ育った街で映画のロケーションになったのはどんなのがある？」

「有名なのはロスト・イン・トランスレーションかな」

「それ見た。ソフィア・コッポラの作品でしょ」

「そうそう。あれは新宿だから、僕が生まれ育ったのは、そこから電車で2～30分くらい離れた郊外のベッドタウン」

「映画で見た東京の街並みは近未来の都市みたいだね」

「ここと比べたら、そうかも」

「ここは、田舎の田舎だからなにもない。だから、俺もいつか行ってみたいな、東京に」

「いいよ。ウチに泊まればいい」

「アパッチ族で東京に行った奴の話に聞いたことがないから、俺が一番のりだ。やっぱりフユトにサポート役を頼んだのは正解だった」

　ガソリンスタンドでソーダを買い外のベンチに座り、半分に切り分けた昼食の残り物のブリトーをシェアした。

「さっきは、あれだけ満腹だったのにすぐに腹へっちゃうものだな」とロッキーはブリトーにかぶりついた。

「このブリトー冷えても、うまい。ところで、ここから居留地までどれくらいかかる？」

「ここから飛ばして1時間くらいかな」

「今何時？」

「4時44分。4はネイティブアメリカンにとっていい番号だ。今ここからなにかが始まる予感がする」

「どうして4が吉数なの？」

「東西南北の4方向だからだ」

日本人にとっては不吉な番号だと言おうと思ったが思いとどまった。

３８０号線をキャプテンと書かれた標識で右折し、48号線に入り山の方向に向かった。上り坂を進むにつれそこはまるで砂漠の裏側にある秘密の楽園が姿を見せた。

車窓から入ってくる風がまるで違う。走り抜けると草木を躍らせ草木の香りが漂う清い風が吹き寄せ気温もかなり下がり、標高が高くなるにつれ砂漠では目にしなかった背の高い木々が次第に増え始め秋が色づいた。

太陽が西に傾き斜陽の赤オレンジ色の光が空漠と平らな砂漠から真っ直ぐ山々に差し込み、その光と影が山々の陰影を玲瓏に浮かび出した。この風景に雁が連なっていたら、中学生の時に暗記した枕草子の原文を思い出した。

山を越え下り切ると小さな軽井沢のような街並みの両サイドに店が立ち並ぶメインストリートを進み、ピザ屋の手前を右折して一方通行の道に茶色に白字で書かれた標識が見えた。「メスカレロアパッチ族居留地境界線」

坂を登り終えたところで大きな湖が右手に見えてきた。

そこに隣接する電飾の看板にはマウンテン・ガッド・カジノ・アンド・リゾートと書いてありライトアップされたリゾートホテルを通り過ぎると辺りは急に暗くなってきた。まだ、空は明るいのだが、険しい山々に挟まれた山影道にロッキーはヘッドライトを点灯させた。ポツン、ポツンと距離を置きながら窓明かりの見える家々はアドベ建築ではなく、三角屋根の木造建築が多いのはこの辺りは積雪が多いからだろう。

牧場のそばを左折し家の前で車を止めた。

家の裏手から犬が走ってきた。

僕が車から降りるとすこし威嚇するように吠えたが頭を撫でると手を舐め始めた。

ロッキーの家族が家から出てきた。

「ハウディ。ウエルカム。私はハーラン、ワイフのキャロン、キャロンの父のロン、長女のケイト、次男のライオ。そして、その犬はフラッコだ」

「初めまして、フユトです。ロッキーとはアルジブラ（代数）の授業が同じクラスで普段から仲良くさせて頂いています。今夜はお世話になります」と犬のよだれをジーンズで拭いてから握手した。

「フユトはアルジブラ（代数）のテストで満点を連発している」

「なんで知っているの？」

「点数のところを隠してもバツが一つもないのだからわかるよ」

「そうか、君は数学が得意なのだね。良かったらロッキーに教えて上げて欲しい」ハーランさんが言った。

「もちろんです」とロッキーを横目で見ると余計なことを言ってしまったと顔に書いてあった。多分、週末に勉強はしたくはないのだろう。そして、それには僕も同感だった。

「けっこう遠いだろ。私たちはきのう帰ってきたのだけども、遠いところまでよく来たね。それよりも原爆実験場はどうだった？」とハーランさんがロッキーに目を向けた。

「問題なかったよ。うまく石を拾ってきた」

「そうか、それはよかった。スタンは夕食後にくるから、その時にその話をしよう。まずは夕食にしよう」と家の中に招かれた。

奥の洗面所で手を洗い終え、リビングのテーブルに着くとインディアンタコスと言う直径20センチほどの平べったい揚げパンの上にチリビーンズ、レタス、トマト、チーズを重ねた伝統的な料理が用意されていた。これは昼間のレストランよりもチリビーンズが辛めで美味しかった。

家族の話を伺うと姉のケイトもメナールスクールの卒業生だった。弟のライオもアルバカーキーの小学校に通い、ハーランさんは政治関係の仕事をしているそうだ。週末は家族で居留地に帰って過ごすようだ。

メスカレロ居留地は豊かな自然に恵まれていた。この土地は砂漠ではなく木々の生い茂る秘境でなんとも言えない不思議なところだと感じた。

食後にロッキーのお姉さんがアパッチティーを淹れてくれた。針葉樹の葉のようで杜仲茶に近い味がした。ロッキーはそれに砂糖を大量に入れ丹念にカップの中をかき回した。

ケイトは来年大学を卒業するのだが居留地にはいい仕事がないと言っていた。ステューデントローンを返すために軍隊に入隊することを考えているとのことだった。なんのために大学に入ったのかと疑問を抱えている様子だった。

「カジノは？」と考えもせず口を挟んでしまうとロッキーの家族は口を閉ざし、気まずい空気が流れ地雷を早速踏んでしまったが、その沈黙を破ったのは母親のキャロンさんだった。

「私たちが子供の時はこの居留地にはなにもなかったのよ。車もなかったし、家にはソファーもテレビもなかった。もちろん、スマホもパソコンもなかったけど、今は情報と物で溢れ返っている。時代がすっかり変わってしまったから、正直、私たちもどうすればいいのかわからないのよ。おじいさんは軍隊に入って朝鮮とベトナムの戦争にも行ったわ。おじいさんの戦友の中には戦死した人もいたし、帰国してから麻薬の影響もあって精神に異常をきたした人もいたのよ。だから、娘のあなたに同じ道を歩ませようとは思わないわ。でも、もしも、あなたが居留地を出て暮らしたいと強く思うのであれば、それも選択肢の一つかもしれないわ。ロンおじいちゃんはどう思う?」

「大学に入学したのはとても良い選択だった。後悔する必要なんてどこにもない。ワシらが子供の頃、学校でアパッチ語を話すと定規で先生から叩かれた。お前さんは恵まれた時代に生まれてきた。私も、お前さんと同じ年齢の頃は居留地から出ていきたいと思っていなかったとは言わないが、この年齢になると違うものが見えてくるのだ。その答えを今のお前さんに言っても反発するか誤解されるだけだから自分で決めて欲しい。でも、まずは私の話を聞いてくれ。私も両親に反発して入隊したのだから、お前さんの気持ちがわからないわけではない。時代がそうさせたのかもしれないと思わずにはいられないこともある。今の時代も9・11以降は同じような不穏な風が再び吹き始めた様にしか思えない。60

年代のベトナムやキューバ危機の時のように、だからと言って一度しかないこの人生を安易に目先だけで考えないで欲しい。それはとても危険な一面があると知っておいて欲しい。先ずは、人として丁寧に生きる。そして、長生きするのが本当の人生の成功者だ。セレブと呼ばれているような人物に憧れて成功をつかんだとしても欲望を満たすことは決してできない。なぜならば欲望は次から次へと湧いてくるものだからだ。しかし、家族やアパッチ族の絆や誇りはそれとは違う普遍的なものがあるのだ。自立して自分の道を探すのであれば、そのことを絶対に忘れないで欲しい。競争するような生き方は消耗するだけだ。私の祖父が今のお前さんと同じような岐路に立った時に言った言葉だ。つまらないことを忌み嫌って否定して楽しいことをだけを追い求めてしまうと悲しい結果しか生まない。つまらないことを無視することは自分の心の半分を殺すことに等しい。時には、じっと我慢することも必要だ」とロン爺さんは話を締めくくった。

ここにいる皆が静まり返ってその話に耳を傾けた。

ロン爺さんは椅子からおもむろに立ち上がり「煙草を吸いに行く」と言い残し外に出た。

「すごい、いい話だったね」と僕が言うとロッキーは軽くうなずいた。

「大切な宝物があるから部屋に来い」

「オレはロン爺さんの話を子供の頃から聞いているから正直飽き飽きしている。いつも同じことの繰り返しだから」と小声で言いながらベッドのマットレスを捲った。

そこには1ダース以上の古いものから真新しいライフルがずらりと並んでいた。

「この上で寝ているの？」

「カウボーイはみんなそうさ。ダイナマイトの上に寝ている奴もいる」

これがお宝のレミントンだと、ズシッと重い黒光りしたライフルを渡された。

「これ本物？」

「当たり前だろ。正真正銘のビンテージライフル」

「そういう意味じゃなくて、これ全部本物の銃なの？」と改めて質問した。

「当たり前だろ」

「ライフルとか銃器を触ったのは初めてだよ」

「マジ？　それじゃあ、明日はロン爺さんのコルト・ガバメント借りて試し打ちにいこうか？　爺さんはその銃のことを1911と呼んでいる。根っからの軍人なのだよ。だから、口ではアー言っているけど本心はわからない。母さんが姉ちゃんの入隊を心配しているから複雑なのだよ。カジノは居留地の一番の収入源だけれども、だからと言って、居留地がこのまま変わっていくことに父さんと母さんは疑問を持っている。カジノが出来る前と出来た後ではここはすっかりと変わってしまったから。詳しいことはそのうちに父さんから聞けばいい。俺は、ややこしい大人の事情をうまく説明ができないから。それより、これも見てよ」

「綺麗だね」と黒い柄のついた両刃のナイフを褒めた。

「曾爺さんが使っていたもののレプリカだ」

「曾御爺さんは有名な人なの？」

「まぁな」

「そう言えばこの間、夜中に寮抜け出して近くのガソリンスタンドに行ったら警察にホールドアップさせられた」

「ヤバかったな。あいつらは躊躇なしで本気で撃ってくるから、全米中で、そんな事件が沢山ある。つい最近も、映画の撮影中に強盗役の俳優が本物の強盗と間違えられて撃たれたってニュースでやっていたし夜中に学校周辺を歩くのは危険だな。あそこはマルティナスタウンのど真ん中で、あそこを仕切っているギャングはメキシコから入ってくる薬物の中継地点だから州で最も治安の悪いエリアだよ。それを取り締まる警察は、ギャングよりも更にタチが悪い。あいつらは正当防衛を傘に、やりたい放題で、特に、有色人種に対しては、なにひとつ手加減しない。だから町は嫌いなんだ」

「その時、アラビヤ語で書かれたTシャツを着てたからかな？」

「アホだな。そんなのを着ていたら直ぐに警察に通報するよ。ホームランド・セキュリティーに敏感になっているからな、この国は、今もテロと戦っている。フユトは知らないかもしれないが、ビン・ラディン容疑者の暗殺計画の時に作戦の暗号名にジェロニモの名前が使われた。それをアパッチ族の人々は不快に思っている。だから、連名で合衆国に抗議文も出した」

それを聞き残酷な歴史の爪痕が残っているだけではなく今も続く。それを直視出来ずに目を逸らせたくなる。

　ハーランが部屋のドアをノックした。

「スタンが来た」

「父さん。明日、フユトと銃を撃ちに行きたいのだけど」

「明日はアルバカーキーに帰るから時間がないからダメだ。それに、お前とフユトにも手伝ってもらいたい作業がある」とピシャリと拒否した。

「ＯＫ」とロッキーは不服そうな声で返事をした。

　僕は銃を撃つことが先延ばしになって内心ホッとしていた。興味がないわけではないのだが罪悪感もあった。

「あの石だして」

　僕は言われるがままテーブルに濃い緑色の小石を出しロッキーは自分で拾ってきたものも含めて白色の皮で作られた柔らかそうな小袋にそれらを集めて入れた。

　メディスンマンのスタンは短髪で肌は日に焼け浅黒く恰幅のよい老人で、服装は青と黒のチェックのシャツにジーンズとカーボウイブーツだった。

　ロッキーがスタンに小袋を渡して手首を握るように握手した。

「ディケゴ・インダン・アナイシ・シェダジェ・ジュク・ナエハイダライ・ナシュクンリ・ナイアッテイヒ・ナハアンㇱ・イシュラマヘッ」とスタンが歯切れのいい単語と単語

の間を切るような発音で初めて耳にするアサベスキンの祈りを聞いた。

「シィーダ・ナディ・ジュリアッテッ」とロッキーが答えた。

スタンは僕の方に目を向け、手を大きく差し出した。

見まねでロッキーと同じようにスタンの手首の銀製のインディアンジュエリーを覆うように握手した。

「イシュラマヘッ」とロッキーに言った言葉と同じように聞こえたので、

「シィーダ・ナディ」と聞き取れたところの真似をして頭を下げると、スタンは我慢できずに吹き出して笑い出した。

「日本から来たと聞いていたのに、アパッチの言葉を話せるとは聞いてはいなかったぞ。これは一本取られたな。今君がなんと言ったか意味判るか?」とカラカウように片目をつぶった。

「いいえ。ロッキーの言ったことを真似しただけです」

「君は、私はナディつまり、私はアパッチです。と言ったのだ」

ロッキーの家族も笑い出した。

スタンはデジタルカメラを取り出した。

「記念に写真を撮ろう」

鉄製の黒い暖炉の上にカメラを置き自動撮影した。

1枚目はフラッシュがたかれずに失敗だったが、2枚目はみんな笑顔で良い写真だったが、しかし、よく見ると左端に靄のような物が写り込んでいた。

スタンとハーランはまじまじとデジタルカメラの画面をのぞき込んだ。

「ロードランナーのような鳥に見える」とスタンが言った。

すると窓の外から小さな木片がぶつかり合いカランコロンカランと鳴り、それが遠ざかっていく音をその場にいる皆が聞いた。ライオは目を輝かせ窓に顔を押し付けるように外を見回したが「なにもいないよ」と不思議そうに言ったので、一瞬皆が凍りついたような顔を見回した。

「心配することはない。良いサインだ。ロッキーが通過儀礼をパスしたのとフユトが着たことを精霊が歓迎してくれた。ロードランナーはヤハテ（神）の使いだ。きっとこれからいいことが皆におこる。みんなで祈ろう」とスタンが言った。

その場にいた全員で手をつなぎ輪になった。

そして、スタンが中心となり祈りをささげた。

成人のお祝いだとロッキーに100ドル札をスタンが手渡そうとしたが、ロッキーは一度その申し出を断った。

「昨日カジノで勝ったからいいのだ。それにお金は天下の回り物だから良いと思うことに使いなさい。重要なのはその使い方だぞ。ロッキーが大人になったら若い世代のインディアンにもそう伝えてほしい。大切なのは自分たちの文化や価値観を正しく後世に残していくことだ。そうしなければ私たちのレゾンデートル（存在意義）がなくなってしまうからな」とロッキーは素直に100ドルを手にした。

「イシュッへ」とロッキーがかしこまってお礼を述べた。

「ジュリアッテ」とスタンが満足そうに笑った。

どうやら〝イシュッへ〟はありがとうで〝ジュリアッテ〟はどういたしましてと言う意味のようだった。

スタンは機嫌良く胸の内ポケットに入れた小袋をポンと叩き、

「2人はよくやった。この石は悪い霊を封印するために使う。ありがとう。最後にフユトにアパッチの掟をひとつ教えよう。アパッチ族は決してさようならとは言わないのだ。なぜならばそれは死の世界に旅立つときにつかう言葉だからさよならではなく、またな、という意味の〝ナンドゥッセッ〟と言うのだ」

スタンを車まで送り、

「ナンドゥッセッ」と言うと、

「日本では、別れのときに、どう言うのか？」

「サヨナラ」

「サヨ、おなら」と言うので思わず笑ってしまい。

「おならは、日本語でファート（屁）と言う意味ですよ」

「もっと、言いやすいのは、ないのか？」

「さらば」

「サラヴァ」

「語尾に、じゃを付けた方がいいかも」

「さらばじゃ」

「エクセレント・プロナウンセーション」と親指を立てた。

スタンは微笑みを浮かべ満足そうに親指で夜空を指した。

「あの星座がみえるか？」

「ええ、オリオン座ですよね」

「君たちの文化では、そう呼ぶのかも知れないが、あの星座をアパッチは山神と呼んでいる」

第3章　アパッチ族

キャロンとケイトが朝食の準備をしていた。

両面を焼いた半熟の目玉焼きとベーコンをトルティーヤで巻いたものだった。

昨日来たばかりだったのに不思議となじみ実家で食事をしているような気分だった。

食後にロッキーと牧場に向かった。

今日は、曇り空だったが、作業には向いていた。

この周辺に緑が多いのは降水量が多いのだろう。

牧場には数頭の馬が干し草を食べていた。

その中の茶色と白色のまだら模様の馬を指さした。

「あの馬が俺の大切にしている馬だ。名前はガンスモーク。今度、乗らせてやるよ」

冬の家畜の飼料を納屋に詰め込む作業の手伝いをした。

花粉症やアレルギーはないはずだったが、四角く成形された干し草を積み上げていくうちに塵になった干し草を吸い込んだせいで鼻がムズムズし目が痒くなってきた。

昼食は2人で居留地との境界線近くのピザ屋に行った。

午後は家畜が逃げないようにフェンスの状態をチェックして、緩んでいたワイヤーを見つけては締め直した。

作業が終わり片付けをしている時に一台の古びた赤色のピックアップトラックがやって来た。

男性が車から降りてきた。

年齢は40代くらいでゴツイ体格の長髪だった。

「ロッキー。ひさびさ、親父にこっちに来ているって聞いたから寄った。お前がフユトか？　オレはエイブラハム」

「エイブはスタンの息子さんだ」

「フユトってどうゆう意味があるのか？」

「冬の兎です」

「気に入った。いい名前だ。インディアン・ネームみたいだ。フユトはあれだな、きっと前世がアパッチ族の戦士だったのだろうな」と人懐っこさそうに笑顔を見せ握手をした。

「成人の儀礼にパスしたって？　よかったな。これでお前もやっと一人前のアパッチだな」とロッキーの肩をポンポンっと叩いた。

「息子のリトルリーグの試合が、これからあるけど見にいかないか？」

「オヤジに頼まれた仕事もだいたい片付いた」

エイブラハムのピックアップトラックのベンチシートに真ん中にロッキーを挟んで座った。

「今は、いいよなぁ。通過儀礼で車が使えるから」とエイブラハムがぼやきだした。

「そうだね。むかしは人力で通過儀礼を行わないとダメだったのだよね」とロッキーが言うと、

「俺の時は馬を使ってもよかったかな。時代かな、その時、年上の従兄に言われたよ。馬

を使えていいなって。だんだん、掟が緩くなってきているのかな。オレがメディスンマンに代替わりしたら、またハードコアな伝統に則った儀式に戻そうかな」と冗談を言い笑い出した。

「ところでエイブの通過儀礼はなんだったの？」

「俺の時はホワイトサンズの砂丘の真ん中に群生している儀式で使用する特別なセイジだった。俺はここから馬でホワイトサンズ国立公園まで行った。白い砂漠で馬走らせたのは本当に気持ちが良かったよ。満月の夜に寝袋一つだけで寝転ぶと月光が砂丘に反射してとても神秘的だった」と遠くを見つめた。

「成人の儀式のサポート役は誰だった？」

「お前と同じく高校の同級生。この間、亡くなったダックだよ。知っているだろ」

「知っているよ。ダスティンでしょ。パーティの帰りに撲殺された話は聞いたけど俺はアルバカーキーにいたから葬儀には出られなかった」とロッキーは後悔したかのように拳を握った。

「犯人は捕まったの？」と言葉を詰まらせた。

「まだ、捕まっていない」とエイブラハムは車窓から外に唾を吐いた。

「マジかよ。ヒデー話だ。警察はなにをしているのだ」とロッキーは感情顕わに吐き捨てるように言った。

「まぁそういうなよ。警察だって頑張っていると思うよ。でも、なんでダックみたいな気の良い奴があんな目にあってしまったのか残念でならないよ。実は、俺も葬儀には出なかったのだよ。なんだか気が重くて、でも現実感がないよな。いつも一緒にいた奴が急に居なくなるなんて、俺も真相を突き止めようとしているが、しかし」とエイブラハムは言葉を切った。

「調べるなんて軽々しく言うけど警察も捕まえられないのに、素人のエイブが一体全体どう調べるつもりだよ」

「取り敢えず友達に聞いてあの夜のパーティの出席者のリストはできた。その中に怪しい連中が数名いた」

「怪しいって？」

「麻薬の密輸に関わっていると噂されている人物」

「警察はそれを知っているの？」

「そんなの報復を恐れて警察には誰も言わないだろう」

「そのリストを警察に渡せば？」

「まだ渡せないよ。もう少し確証を得ないと」

野球場の駐車場に車を停め、近くにハーランさんの車を見つけた。ロッキーの家族も来ているようだった。

バッターボックスのフェンス裏にロッキーの家族が陣取っていた。そこにスタンも座っていたので挨拶をしたら、スタンは、ロッキーと僕に居留地の名前の入った赤いTシャツをくれた。

「孫の晴れ舞台だからそれを着て一緒に応援してくれ」

お揃いのTシャツを着ると肌の色のせいか、僕もどこからどう見ても居留地の人間にしか見えなかった。

「あれが孫だ」とスタンが指をさした。

ベンチに座る背番号4番の少年はおじいちゃんとまったく同じ髪型だった。きっと散髪屋さんが一緒なのだろう。

その少年がバッターボックスに入ると観客の皆が声援を送り、それをスタンは嬉しそうに目を細めた。

ゲームは6回裏5対4でメスカレロチームは負けていた。

9回裏に5対5の同点まで追いつくと、スタンのお孫さんの打席が回ってきた。

カッキーンと金属製バットのいい音がスタンドに響いた。球は飛距離を伸ばし、前進していたセンターの選手の後ろに落ち、バッターは俊足を生かしランニングホームランでサヨナラ勝ちにスタンたちは立ち上がって喜んだ。

試合後にエイブラハムが紹介してくれた。

「フユトは日本から来た新しい友達だ」

「僕は、ブレア。ヨロシク、フユト」

「よろしくね」と握手をした。

別れ際にスタンがロッキーの家族に提案した。

「次の満月にホワイトサンズに行こう」

「そのころだったら仕事が一段落するからちょうどいい」とハーランさんが言い僕の方を向いた。

「ホワイトサンズには日本にいた時から行きたいと思っていたのでうれしいです」と答えた。

「決まりだな」とスタンは満足そうに笑顔で家族を見回した。

「ナンドゥッセッ、スタン」

「ナンドゥッセッ」

帰りはハーランの車に乗った。

「フユトは寮に戻らなきゃいけないからそろそろ出発したほうがいいな」

ロッキーの家に戻ると帰り支度を急いで始めた。

身支度をしている間にケイトさんがピーナッツサンドを作ってくれていた。

「ほんとに楽しい週末ありがとうございました」

「また、遊びに来てね」とケイトさんがハグしてくれた。

「ホワイトサンズのキャンプ楽しみだね」とライオが言った。

「そうだな」とハーランさんがライオの頭をポンポンと軽く叩いた。

太陽がオレンジ色に染まり、厚く雲に覆われた空が濃いピンク色に変わった。

帰りがけに農場のフェンスの扉に鍵を掛けにロッキーは車を止めライトを付けたままにフェンスの扉を照らした。僕も手伝おうとしてロッキーの後ろに立っていたら、なにかが後ろを通りライトをスウッと遮って影が一瞬で消えた。後ろを振り向いても、なにもいない。緊張が走りロッキーと顔を見合わせたが、気のせいだと思い込むしかなかった。

ロッキーはこういうことは居留地ではよくあることだと話し創めた。

「居留地で起きたことは学校では話すなよ。嘘つき呼ばわりされるだけだから」と忠告された。ぼくには、なにかが俺もいるぞとメッセージを残したかのように思った。

ロッキーのオンボロカマロは派手なエンジン音をたてながら居留地の出口へと向かった。

３８０号線に着く頃、今朝方から空一面に広がっていた厚い雲はこの辺りにはかかっていなかった。

真っ赤なスーパームーンが地平線から顔をのぞかせた。

クラシックロック専門のラジオからはオールマン・ブラザーズ・バンドのペガサスが流れ、アンプ直で歪ませた59年製のレスポールの音はいつ聞いても最高だ。

カリゾゾのガソリンスタンドで給油するついでにコーヒーを買い、外のベンチでピーナッツサンドを頬張った。

「昨日言った言葉撤回するよ。この町もなかなかいい」

「そうだろ。ここは最高さ」

「真っ暗な砂漠にここだけポツンと明るいからＳＦ映画みたいな感じもする。なんか別の惑星に来たみたいだ。なんて表現していいのかわからないけれども特別な場所だね」

ロッキーは黙ってうなずいた。

満天の星と天の川銀河がきらめき、どこまでも平らな砂漠が広がり静まり返っていた。

第4章　戦争の踊り

今週末はニューメキシコ州の最南端にある世界遺産のカールスバット洞窟郡国立公園にきている。

メディスンマンのスタンは持病の糖尿病が悪化して体調不良で、急きょエイブラハムが代打でフィーストが行われることになりその手伝いをしにロッキーと僕も呼ばれた。

手伝いが一段落したときに公園内にある有名な洞窟にも行った。エレベーターで地下に下りたら、地下鉄の駅のように思えた。洞窟に向かうところで、一匹のものすごくデカイ真っ赤なカマドウマが気持ち悪かった。よせばいいのにロッキーはそれを素手で捕まえようとしていた。鍾乳洞や地底湖はカラフルにライトアップされ綺麗だったが、もう一度きたいとは思わなかった。

国立公園ビジターセンターの外にテニスコート3面ほどの緑の芝生が刈りこまれていたスペースでフィースト（ネイティブアメリカンの儀式）が行われる。

その一角に大きな日よけ用のテントが張られ、エイブラハムの母親のアンティ・Eがフライドブレッドを大量に仕込んでいた。

僕が興味深そうにその作業を見ていた。

「手を洗ってきなさい」と言われ手を洗って隣に座った。すると、ゴルフボールよりも少し大きめの白く滑らかな生地を手渡された。

「これを平らに伸ばして」とごく簡単な説明をした。

見まねでやってみたら意外にうまく形が整った。先週ロッキーの家で食べたものよりもいくぶん小ぶりだ。大きな鍋には溶けたラードが湯気を立てていた。そこに伸ばした生地を浮かべ、頃合いを見てアンティ・Eがひっくり返した。きつね色にふっくらと膨れたフライドブレッドを取り上げトレーに並べ油を切り積み上げていった。黙々とその作業をつづけ200枚以上揚げた。儀式を見にきた観客に販売するためだとアンティ・Eが言った。

作業が終わり、コーヒーを淹れてくれた。外はカリッと中はモチモチとした触感のフライドブレッドを外で食べたらまた格段に美味しかった。

ペーパータオルで包んだ10枚ほど束に積み上げられたアツアツのフライドブレッドを、「エイブラハムのところに持っておいで」とお使いを頼まれた。

エイブラハムたちがいるテントにフライドブレッドを持って入った。儀式の衣装を身に着けたロッキーがフライドブレッドを3枚も抜き取り、他のフィーストメンバーにも配り終えたが、まだ全員には配り切れていなかった。

「悪いけどもう少し貰ってきて、あとハチミツも。母さんに聞けばわかるからASAP（速攻）で」と今度はエイブラハムにお使いを頼まれた。

アンティ・Eのテントに戻りおかわりとハチミツをエイブラハムから頼まれたことを告げると、真新しいハチミツのビンの封を切りそれを僕に手渡した。

「みんな、朝からなにも食べていなかったから余程お腹が空いていたのね」と20枚ほどビニール袋に入れてくれた。

「あとこれも持っていきなさい」と2本のポットに入ったコーヒーとミルクと砂糖とスプーンと紙コップやナプキンなども特大の紙袋に入れて持たされた。

持ちきれないほど荷物を抱えテントに入った。

「ここに置けば」とロッキーが荷物を置くのを手伝ってくれた。

食べ物を置き、さっき取りそびれた人からフライドブレッドとコーヒーを手にしていった。その中には先週ランニングホームランを決めたブレアが頭に赤いバンダナを巻き、小さなアパッチの戦士の衣装を着て並んでいた。

「ねぇ。フユト、ナプキンかペーパータオルある」とフライドブレッドを片手に持つスラッガーに尋ねられた。

「チョット待って」と紙袋からナプキンを出して手渡した。

「ありがとう。アンクル」といつの間にか、彼の中では僕は親戚の叔父さんという位置づけになっていた。

「先週の試合ランニングホームランすごかったね」

「ホントはオーバー・フェンスのホームランを打ちたかった」と照れ臭そうに言うので、

「いいや。あの場面はランニングホームランの方がずっとカッコよかったよ」と褒めると嬉しそうに、

「そうかなぁ」と僕の隣にチョコンと座りフライドブレッドにかじりついた。

食事が終わり、メイクを始め、ポーリンと呼ばれる蒲の穂から取った黄色い粉を水で溶

かした染料を眼の下２、３センチ位のところに横一直線に外側の眼尻から反対側の眼尻まで太く線をひいた。ブレアのメイクを終えたらエイブラハムが手招きをした。

「俺にもしてくれ」と染料の入った銅製のツボを渡された。

指で染料をすくい厚手に３、４回重ね塗りした。染料が乾き始めれば鮮やかな黄色の線が浮き上がった。

50代位の白人男性が秘書を連れテントにやって来た。この国立公園の参事とのことだった。どことなく偉そうなこの人物を好きになれなかったが、フィーストのオーガナイザーのエイブラハムはとにかく丁寧に対応していた。

スタン欠席で儀式の内容が急きょ変更することを細々と説明したが、国立公園の偉いさんは終始不満そうにエイブラハムの話を聞いていた。話を聞き終えたら諦め顔で変更を渋々承諾した。参事はマウンテンゴッドの儀式を期待していたそうだ。サボテンの根を焚火の下で蒸し焼きにする行事なのに、何故、戦いの儀式をするのかと尋ねたが、エイブラハムはうまく返答できなかった。

「いいか、もしも、このフィーストがうまくいかなかったら次回はないと思え」と捨て台詞を吐いてテントから出て行った。

「これがポリティックスだよ。嘘は吐きたくないけどしょうがない時もあるさ。こんなの見世物でしかないな。いっそう、ゴーストダンスでもしてこの土地を呪ってやろうか？」と不気味な笑顔を見せた。

エイブラハムの奥さんのジーナが心配してテントにやって来た。その場にいた皆が気を使い2人を残して僕らはテントを出た。

エイブラハムはいくぶん気を取り直してテントから出てきた。

「ちゃっちゃっと終わらして早く居留地に帰ろう」

「エイブ。気にすること無い。あいつらクレームつけて優位に立とうとしているだけだ。交渉好きの白人の常套手段で安く人を使い倒したいだけだ。スタンが来ていたらこんなことも言われなかっただろうが、こっちだって事情があるのだから向こうがその気だったら弁護士を雇って戦えばいいさ。俺らはなにも間違ったことはしていないし、向こうの挑発に乗る必要もないのだよ。本物の儀式の凄味を見せつけてやろう」と年配の歌い手の男性が述べた。

日も沈み秋の虫の鳴き声が辺りを囲み、フィーストに集まった観客のさざめきが静まり、視線は地面に置かれた木製の大きなドラムを囲むように座る、エイブラハムを含めた4人の歌い手がシンクロしてドラムを叩き始めた。

アパッチ族の戦士に扮装したロッキーやスラッガーたちの8名が雄叫びを上げ焚火の周りで踊り始めた。

その外を黒い柄の付いたナイフを持ったアンティ・Eやジーナたちの10名の女性陣が列になり、横向きに行進するかのようにドラムのリズムに合わせて時計周りにステップを踏んだ。

そして、エイブラハムたちが歌い始めた。

アパッチ族のウォーダンス（戦争の踊り）だ。

この儀式は長い間封印されてきたがエイブラハムはこれを解いた。

居留地のメディスンマンの中にはこの儀式をアパッチ族以外に見せるのを良く思っていないことを車の中で聞かされた。

その理由は、戦いがないのにも関わらず、この儀式を行うことは、血に飢えた精霊を怒らすそうだ。

エイブラハムは、これもアパッチ族の伝統の一つだから、対立するメディスンマンの意見には従わずに今に至った。

ただ、話を聞いているうちに、エイブラハムの祖先が酋長コーチーズだから、居留地ではエイブラハムの意見が忖度されるようだったが、しかし、エイブラハムは居留地の中でも外でも悩まされているのだろう。

歌声がフィースト・グランドに響き内臓に鋭く刺さるようなドラムの音。

まるで、軍隊が行進して行くかのように聞こえる。

そして、ロッキーが空砲の入った22口径のライフルを空に向かって撃ち獰猛なアパッチ族の雄叫びを上げた。踊り手全員がそれに続き雄叫びを一斉に上げ、中央の焚火が赤く燃え盛り踊り手を妖しく照らした。

その影の隙間から揺れる炎が幻想的だった。

荒々しく地面を蹴るように踊り手達はドラムに合わせた雄心勃々たる舞を披露した。叫び声に掛け声が歌声に重なり合い。

踊り手の衣装に付けた鈴の音を響かせながら無数の音が集まり、戦いに対しての悲しみと憎しみ、そして、瞳孔が開ききったような煌煌とした高揚感が、荒々しく野獣のような魂を昇華させた。

ドラムのリズムが波となりフィースト・グランドを揺らす秘伝の儀式に音楽の原点に触れたような心境になった。

観衆の心を動かしたのは一目瞭然だった。

フィーストは無事に終わりテントに戻ったら、そこへ、さっきまでの仏頂面が嘘のように手のひらを返した笑顔で国立公園の参事がテントにやって来た。

「とても良いフィーストでした。観客からの評判も上々ですので来年もお願いします。今日は皆さんご苦労様でした。今夜は特別に良いホテルを準備しましたのでゆっくりしていってください。それと今後のことをお話ししたいと思いますので明日の朝はホテルで朝食を皆さんとご一緒いたします。それではまた明日。それと、今日のフィーストは明日の朝刊に載る予定なのでお疲れのところ申し訳ございませんがホテルで新聞記者の方が待っておりますので是非インタビューを受けてください」

上機嫌でエイブラハムと握手した参事だが、儀式の始まる前に言い放った言葉を撤回することも謝罪することもなくテントを後にした。

エイブラハムは握手した右手を見つめ少し困惑した複雑な表情をしていた。皆も顔を見合わせ、眉を顰めた。

カールスバット国立公園のロゴが入ったピカピカの新車のSUVの後ろに、古くてオンボロなアメ車が1ダースほど列になってホテルに向かった。ロッキーはヒップポップの曲をボーンボーンっと地響きするようなウーハーを鳴らしながら走行させたら、後の車からも大音量のヒップポップが流れ始めた。

すると、エイブラハムから一斉メールが入り、メキシコのラジオ局のチャンネルに合わせてと書いてあった。曲はサイプレスヒルのハンズ・オン・ポンプだった。静かな田舎町のメインストリートを爆音で曲をシンクロさせれば、ギャングスターにでもなったような気分だった。

ホテルに着き、玄関口に居る駐車場係にキーを預けそれぞれ引換券をもらい、大理石で出来た広いロビーを抜けてフロントに向かう途中で新聞記者が僕に声をかけてきた。

「新聞社のローバート・スミスという者です」と名刺をもらった。

「あなたのお名前とフィーストでの役割を教えてください」

「名前はフユト、えっと役割はフライドブレッドを作りました。その他諸々の裏方の手伝い」と答えたが、記者はアクセントが変だなと小首を傾げ質問を変えた。

「フユトさんのスペルを教えて下さい」

「FUYU…」とスペルを答えているとえろからエイブラハムが焦った口調で割って入ってきた。

「フユトはアパッチ語で冬の兎と言う意味のインディアンネームだ」と記者に向かって言うと、自己紹介してエントランスに集まり始めたグループの方へ連れて行ってしまった。

僕は1人取り残されてしまったが、簡単なインタビューを終えたロッキーがやってきた。

「エイブがインタビューを受けないでといっていた」

「なんかギスギスして嫌な感じ」

「そう言えば、今夜のフィーストで気になる奴を観客の中に見たとエイブが言っていた」

「誰？」

「ダックが殺された夜にパーティにいた奴で麻薬の売人だって」

「なんでそんな奴がこんなところにいるのだよ」

「たまたまだろ。見間違いかも知れないしかまうことないよ。それよりホテルのレストランの食べ放題のチケットを2枚貰ったから荷物を部屋に置いたら速攻食べに行こう。俺すげえ腹ペコだ」

5階にあるビュッフェには多彩な料理が並んでいた。

ロッキーは、山盛り5皿をペロッと平らげ、僕も負けじと張り合ったが3皿が限度だった。うれしかったのは久々にふっくらとしたお米を食べることができたことだ。バターをご飯の上に載せ醤油をかけた。一流のホテルに調味料として醤油が置いてあるのは和食が世界的なブームとなった証拠なのだろう。満腹で部屋に戻った僕はベッドにうつ伏せになりそのまま気絶したように眠りについた。

「フユト起きろ」とロッキーが僕を強く揺すった。

熟睡していたので一瞬どこにいるのかわからなかった。まだ、ゴロゴロした目を凝らしベッド脇にあるデジタル時計に焦点を合わせた。午前2時6分と表示されていた。なのにもかかわらず、ドアの外で怒号が飛び交ったのに驚いた。

「ホワッタ・ヘック・ホワッタ・ア・ファック・ハップン?」（なんだよ。なにがあった?）と寝起きの僕はキレ気味に尋ねた。

「ファッキン・エイブ・ヒズ・ファキン・ドランク」（エイブがすげえ酔っぱらっている）

「ザッツ・ファックドゥ・アップ・メン」（そりゃ、メチャクチャだろ）と舌打ちをした。

「ウイ・ゲット・ア・ファキン・トラブル」（俺らヤバいことになるぞ）

ドアについているのぞき窓から廊下を見ると、ジーナとブレアが真向かいのアンティ・Eの部屋のドアを叩きながら助けを求めた。

「ジーナ、こっちだ」とロッキーがドアを開けジーナとスラッガーを素早く引き込みドアにカギを掛けた。酔眼をカッと見開き怒鳴り声を上げたエイブラハムが血相を変え、部屋のドアをガンガンと音を立てて殴りかかった。ブレアは小動物のように小刻みに震え、ジーナは左目に青痣ができ目を見開き放心状態だった。その状況にさらなるショックを受けた。

ドアののぞき穴からようすを見ていたら、真向かいの部屋からアンティ・Eが出てきて後ろからエイブラハムの頭を思いっ切り引っ叩き、きょとんした彼を激しく叱りつけ彼女の部屋にエイブラハムを無理矢理押し込んだ。

しばらくしてからアンティ・Eがノックした。

「ジーナ、ブレア、大変だったわね」と部屋にいる2人をハグした。

「ロッキー、エイブラハムを居留地に連れて帰ってくれない」

「エイブは？」

「トイレで酔いつぶれているわ」と眉間にしわをよせ嫌悪感を滲みだした。

「ごめんなさいね。本当に。こんなことになってしまって」と涙ぐんだ。

「じゃあ、俺とフユトでエイブを連れて行くよ」とロッキーはこの部屋のカードキーをアンティ・Eに預けるとジーナとブレアにハグした。

「心配するな」と耳元に呟くとブレアは大人のようにうなずいた。

バックパックを担ぎ部屋を出た。

アンティ・Eが真向かいの部屋の鍵を開けロッキーと2人でバスルームに入った。エイブラハムはトイレにしがみつき胃のものすべて吐き出してそのままの状態で潰れていた。

ロッキーは声をかけ頰を叩き、起こそうと試みたがそれには無理があった。

「しょうがない2人で抱えて運ぼう」

「荷物は？」

「アンティ・E、荷物ここに置いていきます。これお願いします」とロッキーと僕がバックパックを置くと彼女が軽くうなずいた。

「フロントは通りたくないから非常階段で行こう。面倒は避けたいからな」とロッキーが指示した。

エレベーターとは反対側にある非常階段に向かって長い廊下を僕は足の方をロッキーは手の方を持ちエイブラハムを運ぶ姿は、まるで殺人現場から死体を運ぶかのようだった。足早にフカフカなカーペットの上を進んだ。もしも、誰かに見られたら警備員を呼ばれるのも必至のクライムシーン（犯罪現場）だった。

まったく、もう、力の抜けきった成人男性を運ぶのは骨が折れる。ロッキーも僕も額に汗を滲ませ息を切った。ロッキーが急ぐと僕が持っていたエイブラハムの靴が靴下ごとスポンと抜けてしまい、その拍子にロッキーも両手を滑らせた。僕が片足を離さなかったのでエイブラハムを頭から地面に落としてしまった。僕は手に持った靴を履かせようと試みるも無理だったので諦めた。この運び方では階段は危なそうなので２人で挟み込むように肩で支え三人四脚のようにした。しかし、それでもズルズルとズレ落ちてしまうので階段では彼をおんぶするしかなかった。やっとの思いで駐車場まで来た。ロッキーはスペアキーで車を開け前列のシートを倒してから、エイブラハムを後部座席に寝かせた。

靴の一つは僕が持ってきたが、もう片方は運んでくる途中に脱げてなくなっていた。

「明日は筋肉痛だな」とロッキーはボヤキながらエンジンを回し、ヘッドライトは点けずに車を滑らすように静かにホテルの駐車場から出した。

カールスバットの町を出れば、闇雲に月が遮られた暗夜。

前後左右この車以外の明かりはなく、人がいなくなった半壊した家の集落に十字架の輪郭が残る教会もあった。そこを通り過ぎる時に背筋がビリビリと冷たくなった。西部開拓時代の古い亡霊が今も彷徨っているかのように感じた。時代は変わってもこの土地には怨念が残っている。それが容易に想像ができた。きっと、古《いにしえ》のニューメキシコを知る人たちが眠っているのだろう。

「エイブラハムっていつもこうなの？」

「いや、こんなのは初めてだ。しかもDVなんて考えられない。きっと、悪い酒を飲んだのだろう。エイブの酒での失敗した話を聞いたことないけど武勇伝は沢山ある」

「どんなの？」

「居留地の川の橋を覚えている？」

「ああ、吊り橋でしょ」

「そう。あそこから川に飛び込んだ」

「スゴ。30メートルくらいあるでしょ」

「ヘル・ノー。もっとだ。一時期度胸試しに川に飛び込むのが流行って怪我した奴もいる。それから禁止になったけど多分エイブが最初に飛び込んだ。というのもあの橋が開通したその夜に飛び込んだのだから」

ロズウェルの町を通り過ぎる頃、暁光が差し青雲が流れ砂漠の残丘の影が紫色で不思議な感覚だった。ロッキーは時々窓から顔を出して空を見上げＵＦＯを捜索中だった。

「多分このあたりでＵＦＯが墜落したのだ」

「そう言われれば火星をドライブしているみたいだね」と僕が話したが、急にロッキーは静かになって獲物を見つけるような鋭い目つきで道路の先に目を凝らした。

「なにか見つけたの？」

同時にギューッとタイヤを鳴らし急ブレーキをかけた。

その反動でエイブラハムは後部座席から滑り落ち、前列のシートとの溝に変な格好で挟まっていた。

そんなことはお構いなしにロッキーは車を降りたので僕もその後に続いた。

道路には２本の20メートルほどの濃く曲がったブレーキ痕、薄っすら残る白い煙と焼けたゴムの異臭が鼻を衝いた。

ロッキーはアスファルトの端に生えている草むらを足で分けながらなにかを探しているようすだった。

「なにを見たの？」

「スピリットボールだよ」

「なにそれ？」

「茶色で丸くてフワフワのヤツ」

僕はいよいよわからなくなってきた。

カサカサと後ろの方で気配を感じた。

振り返り草むらをみると小動物がうずくまっているように見えた。近づいてみると無数の小さな羽が生えたフワフワのヤツだった。

「ロッキーこれじゃない」と僕が拾い上げた。

「それだ！」と叫んだ。

ロッキーに渡したら、大事そうに手のひらに乗せ車まで運び白い紙袋に入れた。

「なんなの、それ」

「風の精霊がこの中に住んでいるのだよ。インディアンにとってパワーを得るためのメディスンの一つだよ。これを持っていると幸せを運んでくれるという言い伝えがある。俺も実物を見るも触るのも初めてだからスタンに詳しく聞かないと」

「へーそうなんだ」

居留地に到着したのは6時前でロッキーの家族はまだ起きていなかった。車からエイブラハムを降ろしリビングのソファーに運び終え、もう一度寝ることにした。

昼過ぎに目が覚めた。リビングから話し声が聞こえてきた。

リビングにスタンが来ていた。テーブルの上には例のフワフワが置いてあった。エイブラハムもテーブルの席に座っていたが、まだ目がうつろで船を漕ぐように体が揺れていた。

「やっと起きたか。お前も座りなさい」とスタンが言った。

ロッキーはうつむき加減で少し緊張したおもむきが窺えた。

「これは悪い精霊が宿ったスピリットボールのようだ。本物はもっとグレーがかった色合い。そして、艶もある。それはグレーイーグルだからこれとは違う。これは車にはねられたフクロウの一部が丸まったものだ。どこの誰かは知らぬが呪いの念を我々に送った。それがどうしてなのかわからないが気に食わない。とにかく気に食わない」とスタンは怒りを表したが、呪文を唱え束ねたセイジに火を点け青色の煙を焚いた。

「フユトは知らないと思うが、フクロウは死の使いなのだ。そして、蛇は悪魔の本性。アパッチにとってそれらは敵なのだ。３人は死の使いによって、これを拾った場所に導かれた。全てはこの悪い精霊を送った呪禁師によって仕組まれた罠だった。奴らは権謀術数の限りを尽くして人を陥れる。心の隙は誰にでもある。音はすぐに消えてしまうが、その想念は容易には消えないから言霊は目には見えない影響を及ぼすこともあるのだよ。我々はそれらを自然の中にサインとして吉兆を見極めるのだ。それをアパッチ族に伝わるヴィジョンによって母なる自然のサインを読み取る能力を養えば道に迷うこともなければ人生の岐路に立ったときに正しい判断ができる」

そこまで話したら、スタンは祈りを捧げ灰皿にセイジの束を押し付けて火を消した。

「昨日のフィーストは上手くいったと聞いたが、しかしな、エイブラハムどうだろう、ウォーダンス（戦争の儀式）はやはり封印するべきじゃないのか？　お前の行っている儀式に懐疑的な者がいるのは知っているだろう。部族内の彼らが呪いを送ったとは考えたくないが可能性としてここはひとつ儀式をしばらくやめた方が得策ではないか？」

うつむいたままのエイブラハムは沈黙に耐え切れずに小さくうなずくしかなかった。

「3人は内、中と外にいたのだ。インディアンの儀式には決まりがある。その最小単位は3だ。形で言えば三角形。一番中心の内に歌い手のエイブラハムがいた。ダンスグループの中にいたのがロッキー。フィースト・サークルの外で見ていたフユト。この3人が死の精霊に導かれたのだ。3人には試練が待っている。フィーストには特別な力が宿ることが度々ある。それが願ったものと別の形で現れる場合もある。今回はあろうことか死の精霊を呼んでしまったのだ。しかも戦う相手がいないのにもかかわらず、この精霊を降霊させてしまったのは非常に危険なことだ。その責任は私にも当然ある。だから、これが私の目の前にあるのだ。結果的に私が4番目のメディスンマンだからこの儀式は成立してしまった。インディアンにとって4という数字は東西南北を意味する。それは自然と人との契約だ。この契約を無効にしなければならない。そこで私から3人にお願いがあるのだが、これをホワイトマウンテンの頂上にある祠に封印してきてくれないか？」と死の精霊が宿ったスピリットボールを親指で指さした。3人は重い空気の中ゆっくりとうなずいた。

「フユトはまだアパッチ族の掟を知らないから準備が必要だな。これから週末は私のところに来なさい。少しずつで良いからインディアンの知恵を学びなさい。物事の本質を見極めることから始めよう。山頂はそろそろ雪が積もり出すから急がなければならない。それではコミットしてくれ。この試練を乗り切ると」

スタンの視線が強すぎたために目を逸らしそうになったが我慢した。

「私は試練を乗り切ることを約束します」

「良いかな。これはアパッチ族との契約じゃ。必ず約束を果たすように。それでは両手を机の上に置いてくれ」

スタンは僕の両手を握り、目をつぶった。

「右の手からビリビリッとする感覚が微かにあるようだ。これは若い女性の霊だ。なにか心当たりはあるか?」

僕の心の中を見透かしているかのように不安に思い、さすがにこの言葉には思わず目を逸らしてしまったが、嘘を吐いても仕方がないので1ヶ月ほど前に閉鎖寮に忍び込み、自殺した女子生徒の部屋を見てきたことを正直に話した。

「スピリットボールのことわりはそれじゃ。彼女は自分自身で可能性を捨てたことを後悔している。では次ロッキー」

ロッキーが机に手を置くと同じようにした。

「ふむ、これは面白い。両手から痺れるような感覚が伝わってくる。これは人ではないな。そうか、これは動物霊だ。なにか心当たりはないか?」

ロッキーも一瞬スタンから目を逸らして観念したかのように話し始めた。

「じつは1ヶ月ほど前の夜中に25号線でコヨーテを車で轢いてしまった。事故だった。急に飛び出してきたからブレーキを踏んだときにはもう遅かった。対向車線に車がいたからヘッドライトが重なって影も見えなかった」

「ちゃんと埋葬したのか?」

「夜中だったので1人では危険だと思いしませんでした」

「これからはちゃんと埋葬しなさい。シャベルの1本くらいは車に積んでおきなさい。もし道端で死んだ動物がいたら埋葬してあげなさい。部族の者は動物に対してもリスペクトしないとダメだろ」

「ハイ。これからはそうします」とさらに神妙な顔つきをした。

「ではエイブラハム」

「そうか、そうきたか。この重い感覚は酒か麻薬で亡くなった男性の霊がいるな。心当りはあるか?」

「酒、麻薬で亡くなった人は知りませんが、1ヶ月前に揉め事で死んだ高校の同級生がいました」

「そうか、それは残念だったな」

スタンはセイジにふたたび火をつけ僕らの体を煙で洗うかのように丹念に煙をかけた。

「3人が死に取り憑かれた理由はよくわかった」

「エイブラハム、その亡くなられた友達はダスティンのことか?」とスタンが事件を思い出したかのようにエイブラハムに聞いた。

「ええ、そうです」

「お前ら2人はよく週末にパーティに行っていただろ。酒や麻薬に誘ったのはお前か?」

エイブラハムもついにスタンの鋭い視線から目を逸らした。

「なにせ昔のことだからよく覚えていません」

「でもダスティンは違うようだぞ。お前に恨みを持って死んでいったのだから、違うか?」

「麻薬はやりませんでしたが、酒はよく2人で飲んだのは事実です。間接的には私が原因をつくってしまったのかも知れません」と反省したかのように見えた。

「墓参りには行ったのか?」とスタンは追及の手を緩めなかった。

「いいえまだです」と具合が悪そうに観念したように見えた。

「では、そこからはじめるとしよう。今はまだ糸が絡まった状態だぞ。一つずつ因縁を解きほぐしていかなければならない。これからみんなでダスティンの墓に行くとしよう」

3人は素直にうなずいた。

靴を失くしたエイブラハムはロッキーのビーチサンダルを借り外に出たから、この時期のビーサンは寒そうだが、足のサイズが大きいエイブラハムに合う靴はなかった。

3人はスタンの黒っぽいピックアップトラックと乗用車を合体させたような車に乗った。それは、フォード・ランチェロと呼ばれるビンテージ・カーだ。これ以上ネイティブアメリカンに似合うタフな車はこの世に存在しない。僕とロッキーは外の荷台に乗り込みスタンとエイブラハムは車の中に座った。荷台にはシャベルなどがほっぽってあった。それを指さすとロッキーは苦笑した。車は舗装のない砂利道を走り続けた。雨上がりなのだろうか？　水たまりが道にはできている。車が水たまりを通り過ぎる時、道が悪かったため時折ロッキーと僕は飛び跳ね荷台に臀部を激しく打ちつけた。

小1時間ほど走ると山道に入り、いよいよ揺れが酷くなりさすがに、もう座ってはいられなくなり立あがって車の屋根にしがみついた。

森が開け、一軒の真新しいトレーラーハウスが見えてきた。その前でスタンは車を止めた。茶色のペーパーバッグを手に持ちドアをノックしたら、30代半ばの女性がでてきた。ダスティンの妹のサラと紹介された。

スタンはダスティンに別れを告げに来たことを彼女に伝えた。そして、ペーパーバッグから品物を一つずつ取り出した。ゴールデンイーグルの羽根、ターコイズの石、煙草と黒い柄のナイフ。それらをダスティンの妹は大切そうに受け取った。

トレーラーハウスの先には1本の大きなケヤキがあり、その下でダスティンは眠りについていると彼女が言った。

ケヤキまで歩くと木陰に墓石があった。

「ヤー・イクーテッ・ディケゴ・インダン・アナイシュッ・シェダジ・ジュグ・ナエハイ

ダライ・ナシュクンタッ・シーダー・スタン・イゼーナンタン・シ・エイブラハム・アッテイヒ・ネジェーニ・イシュラマヘッ」（神よ。謹んで祈りを申し上げます。若者が地上から旅立ち天に召しました。どうぞ彼の魂をお導き下さい。祈禱師スタンとその息子のエイブラハム。母なる大地と精霊に感謝を申し上げます）

スタンはアパッチ語で故人との別れと祈りをささげた。セイジに火を点け青い色の煙でその場を癒した。スタンは車とは反対方向に歩き始め、僕らもその後についていった。スタンは枯草を引っこ抜きそれを箒のように束ねた。それで僕らの体を掃き清め、それらの儀式が終わり、最後にスタンは白い革袋から黄色いポーリンの粉を取り出し、僕らの額に丸を書きその中に十字をひいた。エイブラハムのパルスを読み黙ってうなずいた。

「彼の悲痛な死が癒されることを願おう。去る者は日々に疎しと雖も、ダスティンのことを生涯忘れ去ることは叶わないぞ。判ったかエイブラハム。次はロッキーの番だ。お前が轢き殺したコヨーテの場所に行きその場所を清めなさい」とセイジの束とポーリンの入った革袋を渡された。

帰りにもう一度サラの家に寄ると、彼女は三日月の刺繍が4つ入ったメディスン・バッグを名残惜しそうにスタンに渡した。

「これは彼に私が作ってあげたものだ」とエイブラハムが思い出したように言った。

「ええ、そうよ。ダスティンはずっと大切にしていたのよ」と彼女は涙を浮かべた。

「彼はお前にこれを渡したかったのであろう。大切にしなさい。そして、故人の思いを忘れてはならない。これは許しのサインだから」とスタンは静かにエイブラハムの耳元に囁きエイブラハムに渡した。

「今日来て良かったです。これで気持ちがスッキリしました。でも、葬儀を欠席してしまい本当に申し訳ございませんでした」とエイブラハムは珍しく丁寧な言葉で彼女にきちんと詫びた。

「そうね。それと、これはダスティンがなにかあったときにエイブに渡してと頼まれた」と彼女は声を詰まらせ手紙を差し出した。

エイブラハムはもう一度ハグしてそれを受け取った。

手紙を読み終えたら、

「もしかすると、この手紙に犯人に繋がる手掛かりがあるかもしれない」と彼女にも手紙を見せた。

「知らなかった。どうするの？」

「ジーナの従兄が警察だから見せてみる。危険だから君はこの件には関わるな。俺が必ず犯人を見つけて仇を討つからそれを信じて欲しい」

スタンは僕らをロッキーの家の前で降ろすと、

「ナンドゥッセッ」と言い残し、車をゆっくりとUターンさせ走り去った。

ロッキーは車にシャベルを1本トランクに放り込むと、

「俺らも行くか」

「荷物は?」

「まだアンティ・Eたちはカールスバットから帰ってきていないだろうから来週かな」

アルバカーキーから居留地までの道のりを往復にするにつれて、車窓から眺める風景が変わってきたというか馴染んでしまい感動はすっかりなくなっていた。

キャプテンという標識だけの町を抜け、380号線に合流するとロッキーはいつものようにカリゾゾの十字路で給油した。

「ここに立ち寄るのは何度目だ?」と僕に尋ねた。

「さぁ、4度目かな」と遠くを見据えた。

「最終的にいつもここに帰ってくるな。俺はここに何回来たかもう覚えてもいないよ。俺の子供頃はモーテルが一軒しかなかったしなぁ。そういえば今日はまだなにも食べていなかった、腹減ってない? サンアントニオのあの店にいこうか?」

「食べるよりもスタンの課題を先に終わらせようよ」とデカ盛りの店を遠回しに遠慮した。

「OK」とロッキーは車に向かった。

サンアントニオのあのレストランを素通りし25号線に合流するとそのまま北上した。ソコロを通り過ぎるとロッキーは車を路肩に停車させた。

「この辺だったはず」と言い車のドアを開けた。その周辺を見て回ったがコヨーテの亡骸は見当たらない。

ロッキーは革袋からポーリンを4方向に撒きセイジに火を点けた。それを僕に渡し、

「スタンがやったみたいに煙をかけて」と言った。

僕はロッキーから動物霊が離れていくように祈りながら青い色の煙で掃った。

ロッキーは胸のところにポーリンで十字を切り儀式を終えた。

「最後はフユトの番だ。これを閉鎖寮に持っていき同じように清めないと」と言い革袋と焼け残ったセイジを僕に渡した。僕は軽くうなずいた。

寮にたどり着いたのはカフェテリアが終わった時間だった。

「くたくただから俺は帰るよ。じゃまた明日ナンドゥッセッ」と言いロッキーの車は走り去った。


寮に帰ると寮母のいるミズAの部屋に向かった。

「こんばんは。今帰りました」と部屋にノックして入ったら、砂埃だらけで疲れ切った姿を見て眉を顰めた。

「まぁどうしたの、そんなに薄汚れて」と尋ねた。

「ええまぁ。ロッキーのところで馬に乗ったので」と空想を膨らませた言葉でその場を煙に撒いた。

「そうそれを聞いて安心したわ。てっきり死体でも埋めてきたように見えたから」と言った。一瞬ドキッとしたが、

「おかげさまで楽しい週末を過ごせました」と苦し紛れの笑顔で取り繕った。

「よかったわね。それじゃ、これにサインして」と寮の外泊届に帰宅時間と名前を記入した。

「オール・セット。早くシャワーを浴びてきなさい」とミズAから解放された。

ベテランの寮母は勘が異常に鋭い。

シャワーを浴び着替えるとシーザーが部屋にやって来た。

「最近。週末に寮にいないな」とシーザーが羨ましそうに言った。

「シーザーもアメフト部のパーティに行っていたんでしょ」

「まぁな。でも、パーティもそろそろ飽きてきたかな」

「なんで？　いつも楽しかったって自慢していたのに」

「そりゃ、最初は楽しく騒いでいるけど、酒とか薬が回って次第に場の雰囲気が悪くなると喧嘩とかに発展することがあるし、絡んでくる連中もいるからヤバいよ」

「そうなんだ。面倒くさいね。だったら、パーティに行くのをしばらくやめればいい。話を変えるけど、実は、居留地でメディスンマンに会った。そしたら、この間、閉鎖寮に忍び込んだ時に霊に取り憑かれた可能性があると言われたのだ。それで除霊のやり方教わったから今夜もう一度行こうと思っている。シーザーも良かったら行く？」

「う〜ん。どうしようかな。それじゃ。とりあえずデニスにも聞いてみよう」とやや消極的だった。

デニスの部屋のドアをノックすると眠そうなデニスが薄くドアを開けた。

「調子どう?」

「まあまあかな」

「閉鎖寮に今夜行くけど行く?」

「またかよ!」とおもむろにドン引きした。

「わかった。今夜は俺らだけでいくよ。デニスはお留守番だね。じゃ、おやすみ」と2人で立ち去ろうとすると、

「チョット待った。俺も行くって、行かないなんて言ってない。またかよって、ちょっと驚いただけだ」

「でも、行きたくなさそうな顔していた」

「そんなことないよ。今週末は金欠でモールにも行かなかったから、つまんなかったからこんな顔なのだ」

「それじゃ。12時頃に俺の部屋に来て」と言い、その場で一旦解散した。

12時過ぎに2人は懐中電灯を手に僕の部屋にやってきた。

僕は、セイジ、革袋とライターを紙袋に入れた。

そして、いつもの手順で寮を抜け出した。

閉鎖寮の前に立つといつもよりもなんだかワサワサして威圧的な邪気を肩に感じた。

南京錠を器用に開け中に入る。2人は懐中電灯に明かりをつけ2階の階段を上り出し

た。あの部屋の前に来るとこの間は空けたままのドアが今は閉まっている。僕はどうせ取り憑かれているのだから、エイッとドアを開けたら、この間まであった散乱した荷物は消え、壁に描かれていたはずの女性の顔の絵もなくなっている。部屋を間違えたのか？　隣の部屋も見たのだがどう考えてもこの部屋としか考えられない。がらんっとしたなにもない部屋の中で３人は顔を見回したが、きっと用務員が掃除でもしたのだろうと気にせず、僕は紙袋からセイジを取り出して火を点けた。それをシーザーに渡し革袋からポーリンの粉を摘み、部屋の４隅にその粉を盛りセイジの青い色の煙でこの場を清めた。儀式を終え閉鎖寮の外に出ると、３人の両足の甲の部分にポーリンで十字を書いて邪を払い清め儀式を終えた。

外に出たら夜空に釜先のような月がサンディアマウンテンの上空で白く鋭く輝いた。

僕は夕食をまだ食べていなかったので、

「腹減らない？」

「あの店に行くか？」とシーザーがデニスに尋ねた。

「ひさびさ、あの店大好き。でも、金欠だからシーザー貸してくれない？」

「来月返せよ」

「ＯＫ。それじゃあ。トッピングしようっと」

３人で学校のフェンスを乗り越えメナールストリートを東に向かって歩き出した。高速の下を通り、たくさんの大型トラックが止まるドライブインを越えて、コンクリートで固められた乾いた川の手前を左に曲がり細い道に入った。ここらには数件ストリップバーが立ち並び、それらを過ぎれば地ビール専門のバーが見えてくる。この辺は治安が悪いのだが、深夜にしか開かないバーガースタンドがビールバーの駐車場で営業をしている。

店主は長髪で太い腕に入れ墨がびっしりと入り、ヘヴィメタバンドの人ようだった。

「お前らまた寮を抜け出して来たのか？」

「そうしないと、ここのバーガー食べられない」

「まぁな。いつものでいいのか？」

「3つ」

「パティをダブルにして」とデニスが注文を足した。

「俺のも」

「それじゃ。俺も」

「ガーリック・チーズのダブルを3つだな。注文は以上でいいか？」と聞かれたので3人揃ってうなずいた。

ここに州で一番うまいと噂されるガーリック・チーズバーガーがあるのだ。

ずっしりと重い茶色のペーパーバッグを手にメナールストリートまで戻り、反対車線にあるホテル敷地のベンチに向かった。夜はホテルの敷地が安全だった。

紙袋を開けると溶けたオレンジ色のチーズがまず目についた。

香ばしく焼き上がり中まで柔らかくなったロースト・ガーリック。

大口でかぶりつくと倍にしたパティから肉汁が溢れ出す。
さすがナンバー・ワンは伊達じゃない。
危険を冒して食べるバーガーこそソウル・フードだ。

第5章　セラ・ブランカ

金曜の授業が終わり、そのまま寮に戻りミズAの部屋に直行して寮の外出許可書に退出時間と入寮予定日を記入して、寮の前で待つロッキーの車に乗り込んだ。

明日、ホワイトマウンテンに登ることになっていた。

今日は、カジノに併設されたレストランで夕食をするのだが、8時に間に合うように急いだ。今の時間が3時半、急げば7時半にはカジノに到着できる。

帰宅ラッシュ前の高速は空いていた。

ダウンタウンを過ぎればその先には、空港がある。

長い上り坂を登ったら、だだっ広い砂漠と長閑過ぎてどこか間の抜けた空。

砂漠を一直線に切り刻んだ道に言葉数が少なかった。

僕もロッキーも、この登山に迷いや不安があったに違いなかった。

「こんなことに巻き込きこむつもりはなかった」とロッキーが言った。

「わかっているよ」と答え、それっきり車中での会話がなくなってしまった。

僕は、外を眺めながら先週末の出来事を思い出していた。


先週末、ロッキーと居留地に戻り儀式のすべてがうまくいったとスタンに報告ができた。スタンは僕とロッキーの掌から霊気を読み満足したようだった。

「よくやった」と僕らを褒めてくれた。

僕は閉鎖寮の話をした。

「最初に行ったときには、まだ彼女の想念が強く残っていたのだろう。そのホルシネーション（幻覚）を見ただけだ。幻覚に惑わせされても良いことはなにもない。邪悪なものは人に恐怖を与え支配しようとするのだ」と説明してくれた。

「もう、二度といやらしい気持ちで心霊スポットなどに足を踏み入れてはダメだぞ」と念を押され僕は素直にうなずいた。

「さて、それでは山に登る準備を始めなければならないな。フユトは山登りをしたことあるのか？」

「学校の遠足で高尾山くらいは」

「その山の高さはどれ位か？」

「さぁ、600メートル程でしょうか」と答えたがスタンは頭を抱えだした。

「大丈夫か？　あの山は3652メートルだぞ」と諦めたように言った。

「大丈夫ですよ。僕もエイブも子供の頃からあの山を登ってきたから、3人でこの儀式と試練を越えられます」とロッキーが後押ししてくれた。

「コイツだったら大丈夫だ。俺をカーロスバッドからここまで運んだのだから根性がある」とエイブラハムも加勢してくれた。

「それならばぶっつけ本番で来週に登るとしよう」とスタンが決定を下した。

「いいか、よく聞け。フユト絶対に死ぬなよ。これはハードコアな昔からの伝統に乗っ取り行われる儀式になるからだ」と胆を締め付けるようなもの凄く怖い言葉を放った。僕は固まりながらうなずくしかなかった。

「うなずくだけではダメだ」

「僕は絶対に死にません」

「これは、お遊びではないぞ。わかったら集中しろ、これから、お前を試す。そして、こちらが評価する」

「はい」

ロッキー達と一緒だったらこの試練も乗り越えられるはず、その確信は時代遅れな勇気のようなものだった。

「それでは、みんなでスウェット・ロッジに行こう」

短パン一丁になり外にあるスウェット・ロッジに入った。

焼けた石が真ん中に積まれそれに水をかけたら蒸気がテントの中を満たすと温度がブワッと上昇し、スタンとエイブラハムは手に持った小さなサイズのドラムをゆっくりとしたリズムで叩いた。それに合わせて儀式の歌を歌い始めた。

額から汗がしたたり落ち、耳がふさがり音に幕がかかったように遠くに聞こえる。

目を閉じ心の奥へとじっくりと進んでゆけば開けた光が見える。

薬缶や鳥、楽器にカエル、ビル群に五重塔などの意味不明の映像が無限につながって現れループになった。

それらはクルクルと回転し光の影となり、そこを過ぎると沢山の数字の羅列が時間の渦が僕の行く先を阻んだ。

薄眼を開け、ドラムの音が地面や天井に跳ね返され波紋のような白い煙が見えてきた。

スタンとエイブラハムの歌声は漫画のポップのように字幕が書かれているが、なにが書いてあるのかまでは読み取れなかった。

もう熱さを通り過ぎなにも感じない。

心地よい麻痺感に浸っていたら、スタンがテントの出口にある幕を開け光が差し込んだ。いったいどのくらい中にいたのだろう。

長いようで短いこの儀式で時間の感覚が喪失してしまった。

暗いところに目が慣れてしまっていたのか、目をつぶっても日の光が棘のように鋭く瞼に刺さるので、ゆっくりと目を開けて光に眼をなれさせた。

薄眼で見ていると、どう見ても皆の体から立つ湯気が黄金色に沸き立つオーラのように見えてしまうのだった。

テーブルに用意してあった1ガロン入る半透明のプラスチック製のボトルの水をかわるがわるガブ飲みし、頭からそれをかぶり体温を下げたため、気持ちも体もスッキリした。

「どうだった。フユト」

「さっぱりしました。とても良かったです」

「そうか、ならばいい」とすこし残念そうに背を向けながらこう言った。

「お前の魂は、まだ、脆弱で怠慢だ」

「え？」

「いいか、フユト。プライドが邪魔をして乗り越えられる壁を乗り越えないで立ち止まっているのは甘えだぞ。お前は道を探そうとしているが、なかなか進もうとはしていない。もしも、迷っているのであれば、とにかく足を動かして道を進むしかないのだぞ。そして、道が二手に分かれていたならば、アスファルトのような平らな道ではなく、草木の生えた険しい道を選べ。あの山の頂を目指すのであれば立ち止まっていてはダメだぞ」

その言葉は胸に見えない矢が刺さったようだった。

内心では儀式の中で見た現象を話したかったが、なぜか子供じみた防衛反応が生じてしまったのと誤解を招きたくないのが本心だった。それは子供の頃に変なものを見たことを大人に話したら、嘘をつくなと言われたのが原因のような気がして、僕にとっては忘れられないトラウマになっていた。

儀式の後、夜に電燈を見ると、その周りにボワンッとした光の繭のようなものが見えるようになってしまった。

それが数日続いた。今度はクラスで生徒の周りに黄金の光が膨らんで黒板の字が見えづらいこともあり、白い涙の形をした光のようなものが近づいてきたこともあった。これらの不思議な現象に戸惑いながら、スタンを信頼してあの時に心を開いて相談するべきだったと後悔した。しかし、僕には、まだ解らないことが沢山あった。なんにでもタイミングがあるのだろう。しかし、そのタイミングを逃してしまった気がした。

だから、スタンの言葉が残った。

脆弱で怠慢。

そこに、うっすらと真意を感じ取ったが、受け止めたわけではなくモヤモヤした気持ちで、スウェット・ロッジの儀式を終えてからこの一週間アルバカーキーに戻っても、なにかが、こころに引っかかったような気持ちで、それが日に日に増しどうすればいいのかわからない。

ロッキーとエイブラハムにあの山に登ると約束したが、まだ、僕は、あの山を登る準備が調っていないのかも知れないと悩み、まるで心と体が分離してしまったかのような心境に迷いが生じた。

スタンは、険しい道を選べと言っていた。

その言葉を信じてみよう。

もう、後悔をしたくはなかった。

先週末のことを考えながらメスカレロに向かう車は、西日を背にして380号線を飛ばした。

カリゾゾの街に近づき青紫の輪郭線だけのシカが目の前の道を遮った。

声を上げそうになったが、ロッキーは気づく様子もなくそのまま走り抜けた。

僕はびっくりして後ろを振り返った。

車のバックウィンドウ越しにそのシカと目が合ってしまい思わず息を呑んだ。

「どうした。なにかあったのか?」

「ナッシング」

動揺して問いに答えることができなかった。

休憩で立ち寄ったカリゾゾのガソリンスタンドのベンチに座っていたら、ロッキーが問い詰めてきた。

「浮かない顔して、さっき、なにかを見たのだろう。言葉にできない怪しげなものか?」

僕は、浅くうなずいた。

「透明な鹿」

ロッキーはしばらく沈黙したが、なにかを言わなくてはと考えているようだった。

「きっと、いいサインだよ」とロッキーは湾曲した砂漠の地平線に沈みかけた赤い太陽を眩しそうに手で遮りながら見つめた。

ガソリンスタンドの駐車場に立った大きな時計の黒い針は上下に連なり、直線で円の下半分を切ったかのようだった。

「そろそろ行くか」とロッキーが立ち上がった。

「夕日が沈むまでちょっと待って」と僕が気持ちを整えるかのように言うと面倒くさそうにもう一度腰を下ろし、

「付き合うよ」とボソッと言った。

幻想的なバニラ色の尾流雲の向こうには、入り日で赤く染まり溶け込んだ大地に時折静かに鳴く秋の虫の声が聴こえ、燃えるような秋陽が地平線にスピードを上げ沈んでいった。少し冷たい風が吹き渡り辺りに静けさが広がった。夕日をなごり惜しそうに電線にとまる鳥も見つめていたが、孤独な地球の影が滲むように濃く空に広がり星が一斉に輝き始めた。

「ずっと、ここで景色を見ていたい」

こころのわだかまりがゆっくり溶けていくように感じ自然と言葉が出た。

「僕は、登山経験が少ないからロッキーとエイブに迷惑かけないかを不安に思っている」

「俺も、少し不安を感じていた。フユトがアパッチ族を誤解していないかを。でも、精霊や悪霊は、この世に存在している。ネイティブアメリカンは、そういったものと太古から付き合ってきた。フユトが見たシカの精霊は儀式の成功を望んでいるのだと思う。だから、俺の不安はなくなった」

「日没を見ていたら、僕も、不安がなくなったよ」

「そうか、それならよかった。でも、そろそろ行かないと約束の時間に遅れてスタンとエイブを怒らせてしまう」

時計はいつの間にか7時を指していた。

夜道を飛ばしカジノに着いたのは8時過ぎだった。

ウェンドルズと言う名のカジノ内にあるレストランの入り口に、スタンとエイブラハムがパリッとしたカウボーイの正装で待っていた。僕もロッキーも学校帰りのままだったので、TシャツにGパンだったから高級そうなレストランの外装に緊張した。

レストランに入り、ダスティンの妹のサラが働いているのが見えた。彼女は僕らを見つけるなり手を振り大きな笑顔でやってきた。

「やあ、サラ、この間は急に訪ねてしまってわるかったな」

「先日は、どうもありがとうございました。皆さんにお墓参りに来ていただいて兄もきっと喜んでいると思います」とスタンとハグした。

「みんなお腹空いている?」と僕らに向かって聞いた。

「もちろん」と、僕とロッキーがハモッた。

「今日は特別にサイドメニューを一品サービスしますね」と言うとロッキーは小さくガッツポーズをとって「イエス」と言った。

「それではお席の方へご案内致します」とサラはプロの顔へと切り替えた。

「今夜はたくさん食べて明日の登頂に準備しよう」とスタンが席に着くとそう言った。

「じゃあ、俺はTボーンステーキを生でサイドメニューはベイクドポテトだ」とエイブラハムが口火を切り、

「ヒュージュ・ボーン・ステーキ・ウエルダンでサイドはマッシュポテトでお願いします」とロッキーが続いた。

「ニジマスの炭火焼きとコーン・ブレッド」と僕が注文した。

「ロブスターとスキャロップの炭火焼きとアスパラガスだな」とスタンが注文を終えた。

飲み物はと聞かれたが、エイブラハムとスタンは酒類を断っているからと水でいいと答えた。僕らもそれにならい水にした。ファストフードではないのでソーダで流し込むような食べ方はしたくなかったし、こういう店は飲み物が馬鹿高いと相場が決まっていた。

僕のニジマスが一番早く運ばれてきた。彩りの美しい野菜の上には丸々と太ったニジマスがこんがりと焼き上がりいい匂いがした。料理が揃うまで待っていようとすると、「いいから、温かいうちに食べなさい」とスタンに言われ、僕は待ちきれず手をつけ始めた。

とても新鮮なのだろう、川魚特有の臭みなど皆無だった。ホテルの外にある湖で今日取れたものだとサラが説明してくれた。外の皮はパリッと中の身はふんわりと仕上がり絶妙な焼き加減だ。サイドメニューのコーン・ブレッドは、黄色い蒸しパンのようで甘みが絶妙だった。

そうこうしているうちに料理はどんどん運ばれてきた。スタンのロブスターは半身でもかなりの大きさだった。小鉢には溶けたバター。それに切り分けた身をたっぷりと浸して食べていた。ホタテのグリルもビッグサイズの肉厚だった。アスパラガスには白いソースがかかっている。

Tボーンステーキの外は焦げ目がつくほど焼き目が入っていたが、中はしっかり生のピンク色が見え切り分けると血が滴った。サワークリームと刻まれたグリーンオニオンがのったベイクドポテトも食べ応えありそうだ。

最後に出てきたロッキーのステーキには鉈の柄のような骨が肉の塊から飛び出ている。これだけデカいステーキを見たのは初めてだった。マッシュポテトにはピンク色の花が添えられていた。

どの料理も素晴らしく僕にとっては豪華すぎるものだった。食べ終えたら、皆満足そうに背もたれに寄り掛かり足を伸ばした。サラがコーヒーとエクレアも持ってきてくれた。糖尿病のスタンにはシュガー・フリーのクッキーだった。

サラが会計のクリップファイルを持ってきたら、そこにスタンは100ドル札5枚をそっと挟んだ。

「おつりはチップにしてくれ」

サラはそれを聞き、

「今日はチップをいただけません」と言ったのだが、

「こんなに良いサービスをしてくれたのにそれでは申し訳ない。皆こんなに満足しているのだぞ。我々からの気持ちだと思って受け取っておくれ。今夜は本当に心温まるもてなしをしてくれてありがとう」とスタンはサラにウインクをした。

ロッキーとエイブラハムは飼い犬にお土産に骨を包んでもらいレストランを後にした。

「あすは早いから夜更かしするなよ」と駐車場でスタンに釘を刺された。

ロッキーは家に着くと愛犬フラッコに向かってお土産の骨を投げた。フラッコはそれを引きずりながら家の裏に隠れてしまった。

ロン爺さんに挨拶して家の中に入った。ロッキーの家族はロスルナに住む親戚の家に行っているとのことだった。

時計は9時半を指していた。

「なんかテレビ見る?」とロッキーがテレビをつけ、ガトリングガンというタイトルの西部劇が放送されていた。

「今日は早く寝よう」といい僕はシャワーを借りた。

着替えると髪も乾かさずにそのまま寝ていた。

午前3時50分に目覚ましがけたたましく鳴った。

カーテンを開けると窓に雨が激しく打ちつけ、それから、稲光が厚い雲をジグザグにピカッと闇を切り裂き時間差で雷鳴がガラス窓を激しく揺らせた。

「こりゃカッパが必要だな」とそれに動じることもなくあくびをした。

装備は借りた。

バックパックには缶切りやスプーンがついた十徳ナイフ、マッチ、レッドチリビーンズの缶詰、パン5枚、ツナ缶、チョコレート、飴、水筒、靴下、Tシャツ、パンツ、ハンドタオル、チリ紙、軍手と寝袋など必要最低限にしたつもりだったが、背負うと思っていた以上に重く感じた。今回は昔ながらのハードコアなアパッチの儀式だから電気製品は禁止された。ロッキーはピッチと呼ぶ、琥珀色の木の樹液が固まった物を大切そうに詰めた。焚火をするときの着火剤として使うそうだ。

「これがあれば濡れた枝でも焚火が出来る」と教えてくれた。

準備が終わるとキッチンでコーヒーを淹れ、小分けされた冷凍食品のソーセージマフィンをチンした。

4時半にエイブラハムとスタンがやってきた。軍仕様の迷彩ポンチョ型の雨具を被り外に出れば雨足はやや収まり霧雨が辺りを覆った。

「雲脚が速くなってきた。雄雨が近づいているな。特別な儀式であの山に入ろうとすると必ず入山を拒むような雨が降る」とスタンは暗く冷たい空を見上げた。

全天に雷放電の閃光が蜘蛛の巣状に墨色の雲中に走り、腹に響くような雷鳴がどろくと残響音が遠くへと鳴り響きこだました。

エイブラハムの肩にはライフルが一丁、黒く光る銃身に水滴が流れ落ちる。

スタンは首から提げられる小さめの革袋を3人の首にかけた。

「中にはライトニング・ウィード、チチュバテ、ポーリンとセイジが入っておる。これらがお前らを守るだろう」

スタンが祈禱を始めた。

「ナイインディ・チェデインビークンガ・ジュリアッティ・ディケゴ・インダン・アナイ

シ・シェダジ・ジュク・ナエハイダライ・ナシュクンリ・エイブラハム・ハーラン・ジュニア・シ・フユト・イシェヘッ」（我らは人。聖なる山の精霊よ。謹んで申し上げる。悪の精霊を山の祠に封じ込めるために入山します。その名前はエイブラハム。ハーランジュニア。フユト。感謝を致します）

スタンが背中を押した。

振り返るとロン爺さんもスタンの隣に立ち見送ってくれていた。僕らは２人に向かって手を大きく振ったら、２人の長老もそれにこたえるように大きく手を振り返した。

第6章　山男

不撓不屈なアパッチ族の2人の後を追いながら、数時間黙々と道なき道を歩き続け暗がりが収まったが、白く厚い霧が一層濃くなっていた。暗い色の重く冷たい雨が僕らの行く手を阻むのでため息が出た。五里霧中という四字熟語を習ったのは随分前のように思うのだが実際に経験するのは初めてだったので、前を歩くロッキーの背を見失わないように目を凝らしながら彼の背を追ったが、先頭を歩くエイブラハムは僕の位置からは見えない。

「ヘイ！」と左斜め後ろからエイブラハムの呼び声が聞こえた。

ロッキーは立ち止まり僕の方に振り返った。いつの間にか彼を追い越していた。僕らは声のした方へ戻った。

雨を凌げそうな大きな樹の傍にエイブラハムが立っていた。

「チョット休憩しよう、霧が濃すぎる」とエイブラハムが言った。

「これじゃ。方向がまるでわからない」とロッキーもバックパックを下ろしながらぼやいた。

空の状況はさらに悪化してきた。ロッキーとエイブラハムは引き返すかどうかを話していたら、大粒の雨には雹が混ざり足元には丸く半透明の氷の粒が集まってきた。ここに居ても埒が明かない。もう前に進むしかないと決意して僕らは再び歩き始めた。

「このくらいの低気圧にアパッチは屈しない」とロッキーが言うとエイブラハムがうなずいた。

森を抜け開けた場所に辿り着いた。

霧のせいで先までよく見えないが、坦々とした平原には高い木が生えていないようだ。しばらく歩き、ぽっかりとあいた草原だったとわかった。

山火事の後に草原となったのであろう。広い森の中にはこんな場所もあった。

雨足は一層強まりとうとう雷が鳴り始め空一面に雷雲が広がった。

稲光と雷音の間隔が狭くなってきた。

その時、僕らの50メートルほど離れたところに、ひょろひょろとしたレッドシーダーに閃光が空から落ち、同時に、バリバリバーンッとミサイルを発射するような爆発音が大気を揺らせ、その爆音の波が山の斜面に反射して遠くへとこだまし、その樹が燃え始めた。

こんなに間近で落雷に遭遇したこともない僕らは急いだ。

バックパックを脱ぎ捨て、そこから離れた場所でしゃがみ、できるだけ頭を低くしてじっと息を殺したが、遮るものが何処にもない。

3人は頭を突き合わせた。

お互いの表情を見ればいかに危険な状態であるかに絶望した。

雷はいつどこに落ちるのか予測をするのは不可能だった。

また近くに落ちた。

大気をビリビリと震わせるような振動に鳥肌がたった。

もはや、これまでと覚悟した。

突然エイブラハムは地面に指で絵を描き始め、僕とロッキーはこんなときになにをやっているのだと顔を見合わせた。

その絵はニューメキシコ州旗の太陽だった。

「雨を止める儀式を行うから準備しろ！」とエイブラハムは聞き取れないくらい口早に祈り、ライトニング・ウィードを首にかけたメディスン・バッグから取り出し、それを口にふくみ歌を歌い始めた。

僕らも、それを口にし、彼に加勢して手を繋ぎ円陣を組んだ。

風はさらに強まり草木がざわめく。

まるで台風だ。

辺り一面は黒風白雨に囲まれた。

その風と大粒雨が容赦なく僕らの体に左右八方から打ちつけ、風音はビュウビュウッと雨音はバチバチと音を立てながら絶え間なく続く。

そして、風に煽られた霧の塊が、どっと僕らを襲い辺りは完全に真っ白となった。

それでも、諦めずに必死に祈り続けた。

「この困難を乗り越えられますように」とその言葉しかこころの中にはなかった。

3人の必死な思いが一つとなりシンクロしたように感じ、風のない鏡のような湖畔のイメージが確かに見えた。

すると、旋風が霧を巻き上げ風向きがかわり、やがて風の音は消え静けさが包んだ。

雲は散り、霧は消え、光が射し辺りは徐々に明るくなり、囚われていた心境が解き放たれたように軽やかになった。

鉛のような重苦しい湿気は消え失せ、泣きはらしたかのように大気を一変させた。

それでも、まだ、耳にはジンジンした感覚が残り視界もシバシバしていたが、３人は顔を見合わせると笑い声を上げげた。

そして、空を見上げると青空が断雲の隙間から顔を出し風が千切れ雲を流し、遠くに光芒が密雲から何本も延び、空はさっきまでのことが嘘のように輝き、緑色のホワイトマウンテンが見えた。

その上空には、風に乗った２羽のゴールデンイーグルが悠々と翼を広げ大きな円を描きながら舞っていった。

「良いサインだ」とエイブラハムが空を仰いだ。

「ずいぶん西側に来たな」とロッキーが山頂の位置を確認しながら言うと、

「まぁ、山の位置もわかったから歩いているうちに着くさ」と暢気にエイブラハムがそれに答えた。山頂は近くに見えたのだがまだ道のりは遠い。あそこに辿り着くために越えなければならない山々が手前にも見えている。

「どうする？　沢登りそれとも峠越え？」とロッキーはエイブラハムに聞いた。

「今までけっこう雨降っていたから、川は増水している可能性があるから危険だと思う。大変だけれども峠越えの方が安全かな。フユトはどう思う？」

「スタンは大変な方を選べと言っていたよ」と答えた。

「じゃぁ。峠を何個か越えよう」とエイブラハムが言った。

「いいよ。それで。それより、もうすぐ昼だろ、どこか良さそうな場所で食べようよ。晴れてきたし」

「そしたら、あと1時間位頑張らないか？　ホワイトマウンテンの手前に見える山の頂上に着いてからそこで食べようか、昼飯。ここからすこしペース上げなければ、太陽があるうちホワイトマウンテンの山頂まで辿り着けない。そうしないと懐中電灯もってきてないから夜道を登るのは危険だ。そうかと言って今のシーズンはクマが冬眠前だから夜も活動しているから森で野宿はしたくない。あの山越えたら峰沿いに難所が幾つもある。だから、思ったよりもここまで時間かかったから大変だけれども、先を急ごう」とエイブラハムが僕らの尻を叩いた。

僕らは山の景色など楽しまずに無言で足元だけを注意してひたすら歩き続けた。ホワイトマウンテンの手前の山の山頂でツナのサンドイッチを食べ、焚火用の枯れ枝を拾い集めそれを3人で分けバックパックに括り付け、すぐにまた歩き始めた。

尾根は切り立った断崖で草木はなくなり、崩れ落ちた岩がゴロゴロした茶色い砂の斜面が続いた。スタンが僕に死ぬなよと言った意味がすこしずつ解り始めた。もし、足でも滑らしたら大変なことになる。落石もあるのだろう。とにかく注意深く足を進めた。反対側の山の斜面には百頭ほどの鹿の群れが走っていた。岩場の足元に目をやり、頭の大きい狂暴そうな顔つきの上から見るとお腹が丸く、コインのように膨れた小さな恐竜みたいのがいた。

「なにこれ！」と危険を察知し指を指した。

「おっ！　ツノトカゲだ」と素手で捕まえた。

ロッキーが噛まれないか心配で手元を見ていたが、ロッキーはソイツの背を平然と撫で始めた。

「ビビるな。お前も持ってみる？　噛んだりしないよ。怖がらすと目から血を出すから気をつけろ」

言われるがまま掌に乗せると鳥肌が立った。

「見た目はゴッツイけど大人しい」

エイブラハムも足を止めこっちに戻ってきた。

エイブラハムは僕の掌からソイツの尻尾をつまみヒョイと持ち上げた。

「掌両方出して」エイブラハムが言った。

するとソイツを掌で滑らせ直線を引いた。ロッキーにも同じことをして、自分にも同じことをしろとロッキーに言った。

「なんのおまじない？」と聞くと、

「普段は恋愛の儀式でつかうのだけれども今回は崖から落ちないようにする儀式だ。ソイツの爪は強いだろ、その力を借りるのさ」とエイブラハムは説明した。

「さっきの太陽の絵はなに？」と聞くとツノトカゲを地面にそっと置き、ありがとうと言い逃がした。

「あーあれか。あれはヘイメス族の紋章だ。あの儀式は親戚のばぁちゃんから教わった。ヘイメスの居留地の隣にヒコリヤ・アパッチの居留地がある。ジーナがそこの出身だから機会があったら連れて行くよ。あの儀式は初めてだったけど我ながら上手くいったな」と自画自賛した。

「あれには助けられた。本当にすげえな」とロッキーも大絶賛だった。

「まぁ。あの場合3人の結束が試されたのだろうな。今度やっても上手くいくとは限らないけどな。たまたまだよ。でもあの光のスジは綺麗だったナ」と機嫌よく歩き出した。

ツノトカゲの力を借りたせいか僕らの足取りは軽くなっていた。岩場を歩くのに慣れてきた。

山の尾根を渡り切り岩場を抜けたのは、太陽の位置から割り出した大体の時間で午後4時。

「さぁ！　ココから頂上までひたすら上りだ！」とエイブラハムが奮い立たせるように叫ぶとジグザグに登り始めた。傾斜がキツイためにとても真っ直ぐには登れなかった。数歩斜めに登ると反対側を向きまた数歩進む、このモモ上げの返しだった。足場は草が生え岩場よりも楽だったが、足元はさっきまで降り続いた雨の影響で湿っているのでとても滑りやすい。草は根が浅く引っ張るとすぐに抜けてしまう。木は全く生えていないので手でつかめるところが全くないから岩場よりもキツイ。1時間以上もこの状態が続き頭を上げるとやっと山頂が見えてきた。すると不思議なことにフッと体が軽くなり僕は走るようにこの斜面を駆け登っていった。２人は後ろでへばっていたが僕はそのまま走り切った。それも山頂まで。それはとても奇妙な感覚だった。走っても、走っても息も切れない。ナチュラル・ハイな状態は山頂に辿りついてもさらに続いていた。まだまだ走れる。まさに疲れ知らず。

山頂と書かれた標識の下にはノートが入ったスペースがあり、ノートにはここに登った人たちの名前が書かれていた。僕も日付と名前を日本語で記入した。

僕は大きな岩の上に座り西に傾いた太陽を見た。遠くまで目を凝らし目で見える限界まで眺めた。周辺にはこの山よりも高い山はなかった。さっき登った手前の山は山頂から続く尾根だけが島のように雲の海を遮り黄金色に染め始めた。その光の反射がスポットライトのように山頂全体を照らすとまるで涅槃のようだった。

時間の経過と共に山の岩肌が赤く染まり、影の部分と光の当たった部分とが交互にモザイクのような色合いで浮かび上がった。

しばらくすると、眼下には煙のような雲流が何マイルと流れ、峰から紫色の影が雲に延び、蜃気楼のように光をたなびかせ紫雲は妖しく発光した。

光の乱反射と屈折で緑や青など濃い赤や黄色が出現して、空は綿菓子のような薄い表面にグラデーションが幾重にも重なり合った。

まるで文明と対極の場にいるようだった。

2人が息を切らせて山頂に辿り着き座り込むと水筒の水をガブ飲みした。

僕は喉の渇きすら忘れていた。

2人は祠に向かったので僕もそこに向かった。

僕はスピリット・サークルの外。ロッキーは中。エイブラハムは内にいた。

エイブラハムが祈りを捧げ、僕は両手を合わせた。

目の前には、大きい2枚の巨岩が重なり合ってそそり立つ。

その隙間が洞になっていた。

その前で火を焚き始めた。

そこで邪悪な霊が宿ったスピリットボールを燃やした。

「どうだった」とエイブラハムが尋ねた。

「儀式に立ち会えてよかった。これで、やっと気が楽になった」

「そうだな。2人ともよくやった。夕日が沈むから見に行こう」

タンジェント色の夕日が揺らめきながら地平線の彼方に吸い込まれるように沈み、残光がピンク色に空を染め上げた。

「すごいね」

「朝日はもっと綺麗だよ」とロッキーが言う。

「山頂から日の出を見たことあるか?」とエイブラハムが聞いた。

「ない」

「それじゃ。早起きして見た方がいい。一生に何回も見られるものではないから」

僕は黙ってうなずいた。

祠に戻り、焚火に薪をくべながら缶詰の夕食を食べた。

会話は、焚火を見ているから目は合わせることなく相手の気配で通じていた。

そして、持ってきた薪がなくなるまで火を見つめていた。

火が消えると灰を集め掘った穴に埋め石（トリニティサイト）を載せて封印した。

ロッキーとエイブラハムは洞に入って行った。

僕はゴツゴツとした岩場に１畳もない平らかな隙間を見つけ、そこで寝袋に入り夜空の下で眠りについた。

野分が夜半に通り過ぎるとその音に何度となく目を覚ました。

風が時おり大気を切り裂くようにビューっと音をたてた。

気温もずいぶん落ちた。

これ以上ここで寝るのは無理そうだった。

今宵は月無夜、目が慣れても真っ暗闇を手探りで洞に戻った。

寒さと闇が体にまとわりつくようだった。

２人は寝息を立てていた。

３人が横になれるほど洞は広くないので、僕は入り口の付近で体育座りして風を凌いだ。

外から青味がかった光が洞に薄っすら入ってきたので外に出たが、まだかなり寒く体温が急に下がったので奥歯が鳴った。

僅かな薄日に目が慣れてきたら、岩が列になって僕の前に現れた。

その上をピョンピョンと跳び岩の上を渡り始めた。

振り返れば、山頂に一頭の鹿がいたが、日光の反射で目を閉じた。

すると、なぜか蜃気楼のようにいなくなった。

どうせ反対側の斜面に下ったのだろう。

山頂をめがけて、また岩の上をピョンピョンと岩の隙間を跳び越えながら引き返した。

山頂で、とうとう空が明るくなり遠くまで見渡せたが、その下は断崖絶壁が続いた。

鹿が忽然と姿を跡形もなく消すとは不思議なこともあるものだと首をひねった。

もしかして足を滑らせ落ちてしまったのだろうか?

明るくなり顕わになった山肌の全貌に驚愕した。

跳び渡った岩の下が暗がりで見えなかったのだが、切り立った岩の両サイドにはなにもない。

怖いほど落ち込んだ地形に巨大な石柱がただ連なっていた。

その光景にしばらく1人絶句した。

いくつかの星影を残し眩い朝日が瞳孔を収縮させ、人生初めての御来光はまさに圧巻だった。

これほど美しい光景を見たのは生まれて初めてだった。

これを忘れないように心に刻み込んだ。

燃えるような太陽が雲海の波濤を昇り絶景は逐一変化し、その瞬間、瞬間に心が動かされた。

背中側の雲海にはこの山頂の影が長く伸びた。

正面に手をかざして日輪を仰ぐ。

そして、僕が大きく空に向かって両腕を挙げ、燦々と注ぐ真横からの陽光を吸収していくように体が温まった。

さっき感じていた恐怖心はすでに忘れて太陽の光を受けた。

朝日の光は鋭く雲山の色や輪郭を細かくハッキリと浮き彫りにした。

ロッキーたちが起きてきたころには不思議な色合いはすべて消えてしまい、澄みわたった青い空と白い綿雲の世界が広がった。

「チクショウ！　日の出を見逃した」とロッキーは残念そうにした。

「フユト！　起こせよ。まったく」とエイブラハムが恨みごとのようにぼやいたが、僕は取り合わなかった。

30分弱の光景だったので2人を起こす時間が勿体なかったし、無我夢中で御来光を凝視していたのでそれどころではなかった。２人には悪いがこの山を苦労して登った自分自身へのご褒美だった。

「なにか不思議なもの見た？」とロッキーがいつものように聞いた。

「鹿を見たよ」

「どこで」とエイブラハムが怪訝な面持ちで問いかけた。

「ココで」と座っている岩を指した。

「どこから」と発言に疑義を挟んだ。

「あそこから」と振り返り１００メートルほど切り立った石柱を指した。

「マジ？　あそこは悪魔の爪だぞ。どうやって？」と危ぶんだ。

「あの岩の上を跳び越えて渡った」

それを聞くと彼らの表情が凍りついた。

「跳び越えると言ったたって岩と岩の間隔も結構あるだろう」

「2～3メートルくらいだったよ。それに暗くて下が見えなかったから平気だった。でも、後で見たらぞっとしたけどね」

「鹿がフユトを助けた。よかったよ。無事で」とロッキーがホッとしたように言った。

「そうだな」とエイブラハムは怒りを抑えるように言葉を噛みしめた。

2人はなにかを言いたそうにしていたが言葉が見つからず無言で帰り支度を始めた。朝食はパン1枚だけ、ロッキーが持ってきたハチミツを塗って食べた。

下りは昨日とは違う谷川のルートを歩き始めた。

しばらく砂利道を下ったら、木々が見えてきた。そこには下草が肩近くまで伸びている深い森の始まりだった。草を泳ぐようにかき分けながら前に進んだが、まるで埒が明かない。手首のところが痛かゆく感じた。鋭く長い葉で切ったようでジャケットと軍手の隙間から少し血が滲んだ。

また、しばらくすると今度は大きな岩が見えてきた。その下には澄んだ水がたまりチョロチョロと流れている。この源流の水は飲めるとエイブラハムが言ったので、水筒に水を補給し喉を潤した。岩や石がむき出しになった源流の流れに沿って歩いていたら、浅い小川に合流した。その中に入り下り始めたが、川は次第に深さを増してきたので、もう一度川際に戻り、また下草をかき分けながら道を進むしかなかった。

川に沿って高い樹が生い茂っていたが、その隙間から青空が一列に川のように延び、そこに白昼の満ちた月が薄っすらと見え、その月が滲み川の水になったような不思議な感覚が芽生えた。

その白い月を介して言葉がこころに聴こえた気がした。

「最後の試練を乗り越えろ」

そう繰り返した。

さらに、しばらく歩き続け、川沿いの下草の群生は次第に密度が濃くなった。だから、川沿いから離れて歩くことにした。そこから離れ高い木々にお日様を遮られ下草は低くなってきて、たくさんの鳥の鳴き声が響いた。

ブルージェイという名の鳥は特に綺麗だった。青い羽に黒い尻尾。まるで幸せを運ぶ鳥のようだ。

昨日とは打って変わり気温は一気に上昇した。ジャケットを脱ぎバックパックに仕舞った。

昼食に最後の1枚のパンと、エイブラハムが持ってきたコンビーフを分けてもらった。汗をかいた下着や靴下を替え、気持ち新たに下り始めた。

石の上に青い羽根を見つけた。

それを拾いエイブラハムに見せると、

「ブルージェイの羽根だ。それはクマ除けになるからバックパックに付けると良い」と革ひもで括り付けてくれた。

午後の陽ざしがやさしく、暖かい風が眠気を誘う。木洩れ日の下で昼寝をしたら気持ちがよいのだろうなと思う。下草はなくなりベッドのようにフカフカな枯れ葉の上を眠気と闘いながら、ぼうっと歩いていた。

すると、突然、エイブラハムが、「シッ」と言いライフルに弾を装填した。なにかを感じ緊張が走った。

15メートルほど離れた草むらからガサガサっと音が聞こえ、エイブラハムはライフルを音のした方へと向けた。すると、そこから1頭の子熊が出てきた。子熊は僕らに興味深そうにこっちを見つめた。一方、僕らは危機を感じて動きを完全に止め息を殺した。子熊の近くには母熊が必ず近くにいるのだから、エイブラハムは子熊がすこしでも鳴くようなしぐさを見せればすぐに引き金を引くつもりだ。子熊は数歩こっちに向かってきたが、目が合うとすぐにこっちの殺気を感じて一目散で引き返した。子熊が草むらに入ったら、僕らは息を殺し気配を消し、ライフルは草むらに向けたまま、背中を見せずに横足を滑らすようにゆっくりその場を離れた。子育て中の母熊は獰猛だ。僕らはなるべく熊を刺激しないように注意を払ったのは、熊の生息地の真っただ中にいたからだ。少し離れた場所までくると、エイブラハムにチュチュバテを咬むように手渡され「歩くとき絶対に音を立てるな」と注意された。

目立たぬように迷彩柄の雨具を身に着け足早に風上に向かって進んだ理由は、風下に熊の気配がするとエイブラハムが言ったからだ。向こうはこちらの匂いを追ってきているようすだったので、遠回りになっても、もときた道に引き返した。

熊が近づくのを感じて鳥肌が立った。大気に腐ったような獣の匂いが混じっていた。森から逃げるように開けた場所に出たら、先回りした大きな母熊が両腕を上げ立ち上がり吠えて威嚇し悪意を剝き出したので、恐ろしくて足が竦んだ。

しかし、エイブラハムはライフルを構え熊の胸の真ん中に銃弾を撃ち込んだ。そして、仰向けに倒れた熊に近づき弾をもう一発撃ち、その銃声がこだました。

僕らは、その死骸に黄色いポーリンの粉を十字にかけ祈りを捧げた。

夕日が沈む頃にリドーソのキャンプ場にやっとたどり着いた。キャンプ場にはスタン、ロン爺さんにブレアの3人が僕らを待ち侘びていた。3人の顔つきには憂色が漂う。

「ずいぶん遅かったな。銃声が聞こえたから心配したぞ。捜索願を出そうかとロンと話していたところだった」とスタンが汗だくで憔悴し切った僕らに向かって言った。

「クマだよ」とエイブラハムの口は重かった。

「デカイ奴か?」ロン爺さんが目を見開きながら聞くとロッキーが、

「はじめに子熊と遭遇して母熊に追い込まれて先廻りさせた。撃つしかなかった。そうしなければ、こっちがやられていた。エイブが熊を仕留めた」とロッキーが説明した。

「それは危なかったな」とスタンが嚙みしめるように言った。

「本当に危なかったのはフユトだよ。悪魔の爪を渡った」とエイブラハムが言った。

「嘘だろ?」ロン爺さんが今度は目をまん丸にして聞いた。

僕は、悪いことをしてしまったかのように小さくうなずくと、

「では、3人目だな、あの峰を渡ったのは」とスタンが口ごもった。

「1人目と2人目は誰だったのですか?」

「ナイチとゴヤスレイ」

「ナイチ・コーチーズはスタンのご先祖でしょ。でもゴヤスレイって一体誰?」とロッキーに尋ねた。

「俺のグレート・グレート・グラン・パー」

「その曾曾爺さんが有名な人だったとしか聞いていないけど」

「フユトは知らないのか」とロン爺さんが呆れたように僕を見たので、僕は両掌をすこしあげ知らないというジェスチャーをした。

「有名もなにも、あのジェロニモだぞ」とロン爺さんが唾を飛ばしながら言った。

「しらなかった」と鳩に豆鉄砲を食らわせたような顔になった僕を尻目にロッキーは涼しげに、「言わなかったっケ」とトボケタ素振りを見せたが、ロッキーはとんでもない家系の子孫だと知ることになった。

「ワシらコーチーズ家とジェロニモ家は150年以上前からの付き合いなのだ」とスタンが言った。

「そう言えば、フユト。白い鹿を見たって言ってなかったか?」とエイブラハムが少し疑っているかのように聞いてきた。

「太陽の影になっていたから色までは定かではないのですが、いたと思ったら直ぐに消えちゃいました」

「そうか、あそこで精霊を見たのだな。あの精霊は青白く透明だと言われておるのだ。白鹿の精霊は山頂から母なる地球の中心にはいり、また生まれ変わってこの地上に戻ってくると言われておる。つまり、輪廻転生だ」とスタンが説明した。

「それって380号線で見たってフユトが言っていたよね」とロッキーが興奮気味に言った。

「アーそういえば、紫の輪郭線だけの透明な鹿を見ました」

「３８０号線のどのあたりだ？」とスタンも興味深そうにした。

「えっと、カリゾゾの手前です」

「あの辺からはこの山の頂上が真っ直ぐに見える。つまりスピリット・パスウエーで繋がっているのだから間違いない同じ精霊だ。しかし、それはいつの話だ？」

「一昨日のレストランでの食事会に着く前です」

「そうか」とスタンは噛みしめるようにうなずいた。

「なんで部族でもないよそ者がそんな特別なものを見られるんだよ。一緒に登ったのにフェアーじゃない」とエイブラハムが思わず本音をもらした。

「むかしから、この山は次々と神機妙算を繰り出すのだ。お前とロッキーはメディスン・サークルの内側にいたのだ。近すぎると見えないものもある。フユトはその外側にいたからこそ見えたのだろう。それが試練を克服した証だ。３人とも無事に帰ってきた。それで良いじゃないか。これ以上のことをヤハテに求めるのは酷と言うものだぞ。それにフユトは大切な友人だろ」とスタンは強い口調でエイブラハムを窘めた。

「エイブラハムも凄かったですよ。雨と雷で立ち往生したときメディスンをつかって風で雨雲をすっ飛ばしたから」と僕が言うと、

「本当に？」とブレアがワクワクした様子でエイブラハムを見つめた。

「本当だ」

「どうやったの？　僕にも教えてくれる？」とブレアがせがんだ。

郵便はがき

料金受取人払郵便

新宿局承認

3970

差出有効期間
2022年7月
31日まで
（切手不要）

160-8791

141

東京都新宿区新宿1－10－1

（株）文芸社

愛読者カード係 行

ふりがな お名前		明治 大正 昭和 平成 年生 歳	
ふりがな ご住所	□□□-□□□□	性別 男・女	
お電話 番号	（書籍ご注文の際に必要です）	ご職業	
E-mail			

ご購読雑誌（複数可）	ご購読新聞 新聞

最近読んでおもしろかった本や今後、とりあげてほしいテーマをお教えください。

ご自分の研究成果や経験、お考え等を出版してみたいというお気持ちはありますか。

ある　ない　内容・テーマ（　）

現在完成した作品をお持ちですか。

ある　ない　ジャンル・原稿量（　）

書　名				
お買上 書　店	都道 府県	市区 郡	書店名	書店
			ご購入日	年　　月　　日

本書をどこでお知りになりましたか?

1.書店店頭　2.知人にすすめられて　3.インターネット(サイト名　　　　　　)

4.DMハガキ　5.広告、記事を見て(新聞、雑誌名　　　　　　)

上の質問に関連して、ご購入の決め手となったのは?

1.タイトル　2.著者　3.内容　4.カバーデザイン　5.帯

その他ご自由にお書きください。

(　　　　　　　　　　　　　　　　　　　　)

本書についてのご意見、ご感想をお聞かせください。

①内容について

②カバー、タイトル、帯について

弊社Webサイトからもご意見、ご感想をお寄せいただけます。

ご協力ありがとうございました。

※お寄せいただいたご意見、ご感想は新聞広告等で匿名にて使わせていただくことがあります。

※お客様の個人情報は、小社からの連絡のみに使用します。社外に提供することは一切ありません。

■書籍のご注文は、お近くの書店または、ブックサービス(0120-29-9625)、セブンネットショッピング(http://7net.omni7.jp/)にお申し込み下さい。

「いつかな」とブレアの頭を擦った。

「あ、でも、ブルージェイの羽根は効かなかったね」

「お前が羽根を落としたんだよ」とロッキーが僕のバックパックを見ながら言った。

僕は背負っていたバックパックを胸の前に持ち替え羽根を探したが失くしていた。

「クマはメディスンマンの生まれ変わりじゃ。だから、メディスンを大切にしないお前らを懲らしめたのだろう」とスタンは笑った。

「とにかく、お前らが無事に帰ってきて良かった」とロン爺さんが僕とロッキーを両腕で抱えるようにハグした。

そして、スタンも孫と息子を抱きかかえた。

「これで悪霊は封じ込められたの？」とブレアがスタンに尋ねた。

「まだかも知れない。だが、これで時間が稼げた。もしも、この呪いが部族内の者であれば完全に封印出来ただろうが、そうでなければ、まだ封印出来てはいない。だから、誰が悪霊を送り込んだかを突き止めるまでは終わらないのだよ。闇の中で動いている者がいるかもしれない」

第7章　冬休み

　クリスマスを過ぎたころからジーナとブレアはヒコリヤ居留地の実家に帰省していたので、エイブラハムの家に泊まりにくるよう誘われた。

「夏になったらウォーダンスの許可を部族議会に掛けて再考してもらおうかな。俺らはいつも戦っているのだからその儀式を行うのはスジが通ると思うのだけど、フユトはどう思う？」

「僕はカールスバッドで見た儀式をすごいと思ったよ。戦争の悲しさと興奮が入り混じったようで、次世代のメディスンマンのエイブが決めればいい。僕はそれを支持するよ」

「そうか、ありがとう。その言葉が聞けて少し元気が出たよ。頭の堅い年配のメディスンマンが多いから俺みたいな若いのは孤立しそうになるよ。伝統を重んじても、どんなに頑張っても認めてくれないし、俺が、なにか意見を言うと改革派などと勝手にレッテルを張られるし、挙句の果てには頑固者だなんて言われたこともある。フユトは俺が頑固だと思ったことがあるか？」と尋ねられたが頭を振った。

「そんなふうに思ったことは一度もないよ。時々、酔っぱらって無茶するなって思うことはあるけど」

「そうか？　ブレアが生まれてから丸くなったと周りからは言われるけど」

「まぁ、でも、それは以前のエイブを僕は知らないから、でも、少し、ため込み過ぎじゃない」と何気なく言ってしまった。

「それは親父によく言われたよ。焦るなと。まだ伝統的な生き方を本当には、わかってないのかもしれないな。そうだ。いい物があるからお前に見せようか。ついて来いよ」と家の外にある倉庫について行った。

　埃のかぶった箱を取り出した。

「2〜30年まえに親父がポンショップ（質屋）で買って、使い方がわからないからそのまま箱に入ったままだ。おやじはドラムの練習にメトロノームが欲しかったのに店主にこれを押し付けられたって言っていたよ」

「これ幾らだったの？」

「さあ、50ドルとかだろ。オヤジはよくこんなガラクタ買い集めてきては、母さんに小言を言われていた」

　アイボリーホワイトの本体は焼けて茶色に変色し、使用感はあるがまだ生きていそうだった。裏蓋を外し単3電池を2本入れた。

　スタートボタンを押せば、ボーン。ボーン。ヒップホップで定番のキックの音が鳴り始めた。シンバルのRideTuneのツマミをいじり、それによって、音程が変わるシンバルの音が高く鳴ったり低く鳴るのでドップラー効果のような音が鳴った。最近の機材は復刻版が出ているがツマミが小さくて使いづらいし音もしょぼい。昔の機材は本体が大きいぶんツマミもいい塩梅の大きさで操作しやすかった。30年以上も前に作られた電子製品が当時と変わらぬ音色を醸し出す日本の技術に執念すら感じた。アナログのこの機材に対しての評価は年々高くなる一方だから美術の先生が褒めるのもうなずけた。

インスツルメンツのボタンを押し、BassDrumを選択して16個ならぶキーを適当に間隔を開けて押し、エイブラハムがフィーストで叩くドラムのリズムにテンポを近づけた。

するとと、エイブラハムは歌い始めた。

「デワセー・カエペコハ・デワセー・カエペコハ・ノッキオン・シンギン・ゴナ・ウェイ・カエーヨ・デワセー・カエペコハ・カエーヨ」と繰り返し同じフレーズを続けるので僕もそれに合わせて歌った。

「この歌は俺が最初に覚えたアパッチの歌だ」

「いい歌だね」

「アパッチの歌は歌詞が繰り返しになるのが多い」

「ところで、エイブ。これ幾らで売れると思う?」

「こんなものに値段なんか付かないだろう」

「いや、これはお宝だよ。だから、スタンが買った時の100倍。5000ドルかな。箱付だからもっとするかも」

「ノーウェイ。俺をからかっているのか」

「じゃ、試しにネットの通販サイトに出品してみようよ」

「いいよ。ジーナがインディアンジュエリーを出品したことがあるから、やり方は知っている」とまだ僕の言うことを信用していない様子だった。

僕はペーパータオルにオレンジオイルを浸み込ませ、それで丹念に拭いた。たばこのヤニみたいな茶色が取れ元の象牙色に戻り新品のように輝いた。

エイブラハムは7枚ほど写真を撮り、それをパソコンに送り通販サイトのフォーマットに写真を貼り付け、操作に従って必要事項を入力していった。

「おい、フユト。ここに書いてあるRhythmComposer っていうのが商品名でいいのか？」

「違うよ。ブランド名がオレンジ色で書いてあるRolandで、商品名がその下の黒の太字で書いてあるTR909だよ。備考のところに説明書と箱付と書いておいた方がいいね」

「あと、ここの希望金額はどうすれば良い？　5000でいいか？」

「6000で勝負してみたら？　売れなかったら値段下げてまた出品すればいい」

エイブラハムは震える指でエンターキーを押すと出品は完了した。

あとは待つだけだった。

「フユト、ピザでも取ろうか？」

「いいね!!　もう6000ドル手にしたみたいだね」と笑うとエイブラハムは頭を掻いた。

「トッピングは？」

「いつも寮ではイタリアンソーセージとハラペーニョにダブルチーズ」

「いいね。辛そうで、それにしよう」とピザ屋に電話をかけた。

「お前はなんであのガラクタの値段がそんなに高いことを知っていた？」

「美術の授業で先生が言っていたからだよ。ネットで調べたら本当に絶対手が出ない高額で取引されていた。さらに調べたら、ローランドから復刻版が販売されているのを見つけてモールにある楽器店で試奏したけど、それよりもこっちのほうがずっと使いやすい」

赤いピックアップトラックに乗って居留地の境界線近くの駐車場でピザを待った。ピザ屋は居留地の中まではデリバリーしてくれない。

雪が降りそうな寒空に凛冽の気がみなぎった。やっと待ちに待ったピザがやってきた。赤いキャップに白のポロシャツのバイトに、エイブラハムは料金とチップを支払うと2枚のピザを受け取った。

「一枚買うと、もう一枚ついてくるクーポンを使った。親父のところに一枚持って行こう。あのガラクタもともとは親父のだから一応話をしておかないと、でも、6000ドルとか金の話は絶対にするなよ」と釘を刺された。

「ピザで買収されたから」と口にチャックする仕草をした。

「これはただの夕飯だよ。今はまだ金を手にしてないから変な希望的観測を親に話したくないだけだよ。6000ドルは俺らにとって大金だから」

車の中ではチーズが溶けた良い匂いが充満していた。

「一切れ食べていい？」と待ちきれずに聞いた。

「俺のも取って」

スタンの家に着くころには一枚目のピザはなくなっていた。エイブラハムは2枚目に突入しそうだったから、

「さすがに、それはよした方が良くない」と思わず言ってしまった。

「危ねー。このトッピングの組み合わせ神っているな。すっかりハマったよ。また頼もうぜ。俺はトッピングにパインとか入れるヤツは嫌いだけど、これはなかなかいい」

「でも、この前フライドチキンにハチミツかけて食べていた」

「あれは伝統的な食べ方だ。フライドチキンにパインを乗っけて食べてはいなかっただろ。フユトはアパッチのことは、少しはわかってきたが、アメリカのことは全然知らないな。今度、アメリカの伝統料理を食わしてやる。でも、俺が言いたいのは、つまり、飯くっているのか、デザート食っているのかがわからなくなることだぞ。あとあれが嫌い、中華の豚に甘いソースがかかった。あれ」

「あー。スイート・サワー・ポークチョップ（酢豚）？」

「それそれ」

「僕も苦手。美味しい中華レストランはあんなショッキングピンクみたいな色をしていない。本格的なところは黒酢を使うから」

「ずいぶんと詳しいな。俺の家族は中華料理に目がない。フユトは作れるのか？」

「食材が揃えば」

「じゃ、いつか作って」

「いいよ」

ドアをノックするとアンティ・Eが顔を出した。久しぶりの再会だった。家に入れてもらうとスタンはテレビを見ていた。

「ヤアッタへ」

「ヤアッタへはどういう意味ですか？」

「まだ教えていなかってか。アパッチ語でコンニチワだ」

エイブラハムが、ピザをテーブルに出すとスタン達はピザを食べ始めた。

食べ終わると外に出て２人きりになった。

スタンはアパッチ族に伝わる話をしてくれた。

イッキダックー。（今は昔）

村では病人がでると山にある洞にいれる風習があった。

夜中になると４人の山の精霊が現れ、その精霊たちが病の村人を癒した。その精霊がどこから現れるのか、そして、どこに消えて行くのかは誰も知らなかった。

ある若者がそれを突き止めようと病人がでると毎回病人を担いで山を登った。そして、あるときその若者は癒しを終えた精霊たちが悪魔の爪のような切り立った岩の頭を飛び跳ねて、隣にある山へと渡って行くのを見てしまった。

その若者も精霊たちの後を追いその岩に飛び移ったものの足を滑らせ真っ逆さま。体はバラバラになり死んでしまった。次の日、洞から出てきた病気を癒して貰った村人がそれを見つけ助けを求めて山を下った。それを聞いた長老は村から選りすぐりの戦士８名を捜索隊に出した。しかし、谷底にあったはずのバラバラの死体はどこにもなかった。日も暮れ捜索は中止となりその晩、戦士たちは山頂近くで待機した。夜明け前、なにかの気配を感じた一人の戦士が目を覚まし、月光に反射して不思議に輝く鹿が近くにいるのを見つけた。音をたてずに起き上がるとそれを仕留めようと後を追い、ようやく開けた場所に来ると狙いを定めた。弓で放った矢はその体を通り抜けてその後ろの樹に刺さった。その鹿は山頂まで駆け上がり、そこから飛び込むように足元にあった岩の中へと入って消えた。その戦士はきっと夢でも見たのだろうと思い込んだ。

翌朝、捜索隊が目を覚ますと死んだはずの若者がひょっこりと現れた。戦士たちは驚き、「どうして生きているのか？」と聞いた。

すると、その若者はこう答えた。

「山の神に助けられた」

戦士たちは動揺し、この若者は嘘をついていると口々に彼を非難した。

村に戻ると若者の葬儀の準備していた村人たちはさらに動揺を隠せなかった。ある村人は彼が悪魔に取り憑かれたと、騒ぎを聞きつけた医師を務める長老がやってきた。

そして、長老が若者から話を聞きその若者の脈を読んだ。

それは完璧に整ったものだった。つまり、人間のものではなかった。この世で徳を積んだ聖人が亡くなる直前に現れる脈だった。この若者にもそれが出ていた。

だから、長老は若者の話を信じた。

「一度死に蘇った男だ。将来、彼が部族の長になるであろう」と予言した。

そして、長老はその白い鹿こそがこの山の守り神だと言った。

「この話は私の一族だけに伝わる話だ。だから、ロッキーも知らない。主人公の若者が私たちの祖先のナイチ・コーチーズだ。エイブラハムがお前を嫉妬したのは、悪魔の爪を渡った者には特別な力を授かるという伝説があるからだ。それはヴィジョンと呼ばれ代々受け継がれてきた。ここでは奇妙な現象が見え隠れする。だから、私にもわからないことがまだまだあるのだ。ただ、君の見たものが私たちにとって大切なことだということを忘れないでくれ。インディアンは自然と精霊の力で生きてきたが、時代の変化と共にその力も弱くなってきたように感じることもある。ここで見たことと感じたことを後世の人々にも伝えて欲しい。それがこれからの時代に火を灯すのだろう。1人の人生は天命が尽きるとそこで終わるが、大切なものはバトンを渡すように知恵を受け継ぐことができることを知って欲しい。そして、あの山はチリカワ・アパッチにとって特別な聖域だ。その力を授かることもあるが、登った者には相応の責務も同時に与えられる。君には使命が与えられたのかもしれない。時が来たら、君にアパッチ族に伝わる秘法を明かしたい。世の中がどんなに複雑になっても、それを解き明かす秘法が一つだけある」

そう言ってスタンは薄青色のターコイズをくれた。

僕はしばらく外にいた。

雪がチラチラと舞ったが、不思議と寒さを感じなかった。

思いっ切り大気を吸い込むと涙が出そうになった。

この土地の人々が心穏やかに居られるのは、スタンのような精神的指導者がいるからだと思った。

第8章　ヒコリヤ・アパッチ

目が覚めたら、正午を超えていた。

エイブラハムは出かけたようだった。

テーブルの上には置手紙が残されていた。

DEER Fuytoと書いてあったがDearのスペル間違いだった。

「ガラクタが売れ郵便局と銀行を叩きに行くので家で待て」とカクカクとした荒っぽい字で銀行強盗にでも行きそうな勢いで、よっぽどうれしかったに違いない。

冷蔵庫を開けソーダを取り出し冷凍庫に入っているブリトーをチンして食べた。外から急かすようにクラクションを鳴らす音が聞こえた。

「いまから、ジーナとスラッガーを迎えに行くぞ！　早く乗れ」とエイブラハムの声が外から聞こえた。

家の鍵を閉め車に乗り込み封筒に入った札束を見せてくれた。

「幾ら？」

「手数料を引いて5500とチョットかな。親父のところに寄って行くからこの封筒に百ドル札を10枚ずつ入れて」と2枚の封筒を渡された。

「OK」と言い真新しいインクの香りがするピン札を数えて封筒に入れた。

「すぐ戻るから待っていろ」とエイブラハムは小走りでスタンの家に入って行った。

スタンとアンティ・Eが家から出て車に手を振って見送った。

エイブラハムは道を急いだ。ヒコリヤ居留地はアルバカーキーよりもさらに北にある。

「フユトは温泉好きか？」

「温泉きらいな日本人はいないよ」

「そうなのか。じゃ、ヒコリヤ居留地に行く前にヘイメスに寄ろう」

「こっちにも温泉があるの？」

「ああ、スゲーいいのがある。ここから5〜6時間かな。今夜はジーナの実家に泊まる」

「温泉楽しみ。こっちではシャワーしかなかったから久しぶりにお湯に浸かりたい」

ここでは流れを大切にしてそれに乗った方がいい。

車のラジオからレッド・ホット・チリペッパーズの、アンダー・ザ・ブリッジが流れた。

まったく、このピックアップトラックは恐ろしく燃費が悪く、カリゾゾで満タンにしたが、アルバカーキーに着く前にはガス欠を知らせるランプが点灯し始めた。

ロスルナと言う小さな町でハイウェイを降りた。

時計は5時を回っていた。

給油を終え更に北に向かった。

アルバカーキーのユニバーシティの出口でハイウェイを降り、ルート66と言う名のレストランに入った。

「ここが、アメリカ伝統料理の店だ。前に言っただろ。ここに連れてくるって」

店の外見はファミレスと変わらなかった。

エイブラハムはスラッピージョーとバニラシェイク。僕はパイルドアップのハーフサイズとチョコミントシェイクを頼んだ。アメリカの伝統料理は味が短調で正直そんなに美味くはなかったが、古き良きアメリカが残っているのを感じることができた。

車は夕日のハイウェイを再び走り出し、バーナリーヨで44号線に合流し日よけで西日を遮った。

ヘッドライトを点灯するころにヘイメス居留地の看板が見えた。

Y字路を右に曲がり4号線に入ると極端にスピードを落とした。

「この辺はスピード違反を取り締まる警察車両が多い」

人気の全くない砂利の駐車場に車を止めるとハンドタオルと懐中電灯を渡された。

「ここから20分位山登りだ」

20分の山登りは散歩に等しかった。

岩場に着くと湯気が沸いていた。

3〜4か所の温泉が段々畑のようにつながっており、大きさは1つの湯船に5〜6人はゆったりと入れる。

その中で一番上の源泉の温泉に浸かった。

大きな一枚岩に背をもたれ掛かった。

「ヤッパ、温泉はいいな」と心からの言葉が出た。正に極楽だった。車があれば学校から1時間半くらいで来れそうだった。

「フユトも車の免許を取ればいいのに」と以心伝心なのだろうかエイブラハムがそう言った。

「バイクの免許だったらあるのだけど」

「じゃ。バイク買えばいい」

「金がないよ」

「バイトは？」

「ビザの関係で出来ない」

「まぁな、面倒なことはしないに限るな」

「ところで、エイブは居留地の指導者的な立場になるのでしょ。アパッチ族の将来のヴィジョンとかあるの？」

「突然、どうした？　真面目な話か？」

「日本では、あまり友だちと政治の話などしたことがなかったけど、こっちの高校生って結構熱く議論しているから少し聞きたくなった」

「保守政党とリベラル政党の違いはわかるか？」

「まぁ、なんとなく」

「そうだな。下院選では民主党のネイティブアメリカンの女性候補者に入れたよ。バーニー・サンダース上院議員が提唱する民主社会主義がいいかなと思うけど、景気は一時よりも良くなったから上院は共和党に入れた。俺が思うに相対的貧困による自殺や犯罪が減少するのであれば、ベーシックインカムに賛成だけど、多分、無理、現実味がない気がする。ただ、なにか新しいことを始めないと、今にも居留地は内部崩壊しそうだよ。あるいはもう既に内部崩壊はしていて、それが長年放置された状態なのかもしれない。俺自身は生まれ育ったところで物心知った連中と仲良く生きていくことが一番幸せだと思うし、代々酋長の家系だから部族とは運命共同体だ。でも、なんだか、それもカジノができてから変わりつつある気がする。居留地は独自の自治権を持つ独立国家のようなもので州の法律とは違って、その隙を突いてインディアン・カジノが乱立したのさ。ニューメキシコ州のほとんどの居留地に建設され雇用が生まれ、カジノは毎月巨額の利益を上げてはダムのように金をため込むのだから、それを原資にして暗号資産を居留地に住む人に配分すればいい。そうすれば居留地内に潜む精神的なスティグマから解放されると思うのだけど、ただ、いろんな人の利権が絡んでいるから、なかなか難しい現状だよ。カジノとは別の話だが、特に目に余るのは麻薬カルテルが若いアパッチを運び屋としてスカウトしていることだ。美味しいことを聞かされて簡単に稼げると思うと大変なことになるのさ。居留地には、メキシコとの国境の地理に詳しい若い連中が沢山いるから、徒歩で星の位置と月あかりで国境を越えられる。きっと、麻薬カルテルは、そこに目を付けたのだろう。だから、俺は自分が犠牲になっても良いから部族の未来を守りたい。実は、ダックの手紙にもそう書いてあった。多分、そのせいでダックは死んだのさ」

小1時間ほど湯に浸かると心も体もほぐれ満足した。

きた道を下り車に乗ったら近くにパトカーが止まっていた。

エイブラハムの車が走り出ても、距離を置いて後ろをついてきたので、小学校の近くにあるコンビニで車を止めパトカーを先に行かせた。

「なにあれ」と聞いた。

「温泉に酒とか大麻を持ちこんで、そのままラリって運転する連中の交通事故が多発しているから、その取り締まりをしているのだろう。この州も最近、医療用大麻が解禁されたから」

「日本では考えられなよ」

「そんなこともないだろ。日本にも米軍基地が沢山あるのだろ。あそこはカリフォルニア州の法律が適用されるから嗜好用大麻もＯＫなはずだよ。ツレが軍人だからな。ソイツがそう言っていた」

「えー、マジで?」

「マジ、マジ。ディープステイトの連中は税金徴収のためならば、どんなことでもする。まったく、ベトナム戦争を忘れちまったのかな、あれだけ麻薬で酷い目にあったのに。高校のアメリカ史でベトナム戦争やったか?」

「そう言われてみれば、近代アメリカ史ではウォーターゲート事件とケネディ暗殺が中心でレポート課題を提出したけど、ベトナム戦争は、その背景にあったのに、あまり、深く授業しなかったかも、わりと、あっさりした感じだった」

「だろう。あの戦争が初めての敗戦だからだよ。腐敗政治の黒歴史と陰謀論。それを、また、繰り返そうとしているのさ」

44号線に戻ると北西に向かった。

キューバと言う町を通り過ぎヒコリヤ居留地に入り、そこから1時間ほど走りジーナの実家に辿り着いた。

辺りは雪が積もっていた。

ニューメキシコは極端に暑い夏と寒い冬しか季節がないように思えたのは、春と秋は早送りで季節が過ぎていくからだ。

ドアをノックすると玄関の外のライトが点き、眠そうなジーナが出てきた。

時計は日付を変えようとしていた。

ジーナたちはもう寝ていたのに起こしてしまったようだった。

「2人とも遅かったわね」

「ヘイメスに寄ってきたから」

「温泉に行ってきたの？　フユトも気に入った？」

「すごくいい湯でした」

「そう、それはよかった。2人とももう遅いからもう寝たら、フユトはリビングのカウチで寝て」

そう言って、2人は奥の部屋に行き僕はリビングに取り残された。

ソファーに横になりテレビをリモコンで点けようと思ったが、そのまま目をつぶると深い眠りについた。

朝、ブレアに起こされたら、エイブラハムに連れられて、居留地の北側にあるドューシーに住むジーナの従兄に会った。

ドューシーはコロラド州とニューメキシコ州を跨ぐ街だった。

彼は、ここの警察副署長だと聞かされた。

ガレージに案内されると埃をかぶったバイクが1台置いてあった。銀色のカワサキのZZR600。

「20年前のバイクで3年近くエンジンかけてないからバッテリーは完全にあがっている。現状は不動車だが直せばまだ走るはずだ。私はもう乗らないから持って行っていいよ」と副署長は気前よく言った。

僕はお礼を言い、エイブラハムに手伝ってもらい、スロープをピックアップトラックの荷台に取り付けバイクを載せた。

エイブラハムは副所長をランチに誘い、3人でカジノにあるメキシコ料理店に入った。エイブラハムはインディアンタコス、副所長はステーキファヒータ、僕はナチョスプリームを注文した。ステーキファヒータはハラミのグリルにアボカド、サルサ、サワークリーム、チーズにカットベジタブルをトルティーヤに挟んで食べる料理だ。ナチョスプリームはナチョスの上に載せている豆やスパイスの効いたひき肉や新鮮な野菜が山盛りだった。

「今夜はフユトが中華を作るから来てくれ」とエイブラハムが副署長を夕食に誘った。

「是非、本格中華を食べてみたい」

「バイクのお礼だから、たくさん作ります」と、副署長と握手をしてここで別れた。

バイクを積んだピックアップトラックは、サンタフェにあるKawasakiのディーラーに向かった。

副署長はもともとこの店でこのバイクを購入したので記録も残っていたし、店長とも知り合いで僕らがバイクを持ち込んだら、修理依頼を予め連絡してくれていたのでスムーズにバイクを引き渡せた。ハイシーズンの夏だったら1週間かかる修理を、オフシーズンで暇な季節だから2~3日で引き渡しになるようだ。見積もりは270ドルで、もし交換部品が増える場合は事前に電話をくれることになった。ついでに1番低い掛け金の自賠責保険にも加入した。バイクの名義変更に伴いナンバープレートの申請もやってくれるとのことだった。

帰りに夕飯の食材を探しに中国人が経営するアジア食料品店に行った。

黒酢とだしの素、カリフォルニア米、おたふくソースを見つけたのでそれらを購入し、さらに近くのスーパーで豚肉の肩ロースのブロック、片栗粉、パン粉、薄力粉、卵、キャベツ、人参、玉ネギ、ピーマン、缶のチキンブイヨンを買い求めた。

ジーナの実家に着くとすぐに夕食の準備を始めた。まず米をコンロで炊き、野菜を切り、豚肉を3センチ程の立方体に切り分け、残りは2センチ程のスライスを6枚にした。四角く切った豚肉に片栗粉をまぶし、まだ温まっていない油の中に重ならないように入れてから火を点けた。ソースはチキンブイヨンに黒酢と砂糖とだしの素を混ぜ、ひと煮立ちさせて味見をした。塩分がすこし濃かったので水を足し、そこに水で溶いた片栗粉をソースに入れて再沸騰させトロミをつけた。湯通しした野菜にソースを組み合わせ、揚げた豚肉に掛ければ一品目が出来あがった。続いてスライスにした豚肉に片栗粉をまぶし、卵でコーティングしてパン粉をつけ、きつね色になるまで油で揚げたら、千切りにしたキャベツを添えて、それぞれ皿に盛りラップを掛け副所長がくるのを待った。

ブレアはジーナに「早く食べたい」と言い出し、すでに待っているのが限界そうだったが、「もうちょっと待ちなさい」と窘めた。

やっと副署長が来たのでご飯を皿に盛った。

食べ始めるとジーナのお母さんがカジノの仕事を終えて帰ってきた。

「まあ、いい匂い。誰が作ったの？」と聞かれたので、

「僕です」と答えた。

「ありがとう。中華は大好物なの」と喜んだ。

「フユトはなにが好物なの？」とジーナの母親に尋ねられた。

「フライドブレッド」と答えると皆が笑った。

ブレアだけは、我関せずテレビのコマーシャルのような勢いで食べるので、彼の皿はす

でに空となった。

「まだ、食べられる？」と聞くと、彼が大きくうなずいた。

僕はキッチンに戻りキャベツをみじん切りにして、薄力粉を水で溶いた。その中に冷蔵庫にあったエビや牛肉とネギなどを入れフライパンで焼き、オタフクソースとマヨネーズをかけた。

「これはなんという名前の料理だ？」とエイブラハムが聞いた。

「お好み焼き」と僕が言うと、エイブラハムが真似して反芻すると、

「オコノミヤキ」とイントネーションが変で吹き出して笑ってしまった。

「日本のフライドブレッドみたいなものだよ」

ジーナは作り方をメモして残っていたタネで最後の1枚を焼いた。

大人たち4人は、お酒を飲み始めた。

副署長は今夜泊まることにしたようだ。

未成年の僕とブレアはテレビゲームをして遊んでいた。エイブラハムたちの会話からFBIと言うワードが聞こえた。

「ダックは協力者だったのか？」と副署長の声が聞こえた。

「この手紙に書いてあることが本当だったらダックは麻薬組織に殺されたのかもしれない。その辺を調べられないか？」

「わかった。できるだけ調べてみよう。この手紙のコピーを捜査機関に渡してもいいか？」

窓ガラスに映ったテーブルの上には、あの手紙があった。

「ブレア、そろそろ寝なさい。フユトも今夜はブレアの部屋で寝て」とジーナが言った。

彼の部屋の壁には彼が冬休みの宿題で描いた鷲の絵が飾られていた。

その絵の下の部分にイシタとアルファベットで書いてあった。

「これって鷲のことをアパッチ語で書いたの？」

「そうだよ」

「ブレアはアパッチ語話せるの？」

「1〜10は数えられる。1はダタイ。2はナキ。3はターギ。4はディイ。5はアシュルダイ。6はゴステン。7はゴスティデ。8はツェビー。9はゴスタイ。10はゴネイズナ」

と数え終えると大きな笑顔を見せた。

難しかったのでメモをカタカナで取りながら、もう一度発音してもらった。

発音を厳しく小さな先生に正されたが、7の発音がどうしてもできない。きっと、聞き取れない音が入っているのだろう。

2日後の朝、バイクを取りに行った。

ひさびさの運転と左右逆の道路事情に緊張しながら走った。

試走を終え店に戻ると店長が、後ろのタイヤは今すぐではないが早めに交換した方がいいとアドバイスされた。

新しいナンバープレートは3週間後に寮に送ってくれることになった。それまでは印刷されたオレンジ色のボール紙に、マジックで登録済みの番号が書かれたものをテールランプの下に貼った。

バイク車両の登録書、車検と保険の控えなどの書類は、ハンドル左側の下にある鍵付きのコンパートメントボックスにうまく収まった。


帰りの山道ではエイブラハムの車と競走した。

バイクを飛ばすと、さらに寒く感じ、雪も時折チラつき震えが止まらず、刺すような向かい風がジーンズの腿の部分に沁み込みヒリヒリした。

家に戻り、ジーナとブレアが荷物を玄関ポーチに運び終えていた。

帰り支度は出来ていたが、バイクは寒すぎるのでエイブラハムのスキースーツを借り、完全防備でメスカレロまで行くこととなった。

バイクはすこぶる調子が良かった。

44号線から25号線に乗り換えると雪ばれの日光が眩い。

エイブラハムのピックアップトラックの後ろにバイクを付けた。それが風除けになって楽に高速を飛ばせ、この走り方だとガソリンも食わない。

アルバカーキーのダウンタウンに近づき、車が次第に増え、エアーポートの出口付近で珍しく数珠繋ぎの渋滞になっていた。

クリスマス休暇の帰省ラッシュなのだろう。

そこを抜ければ、もう雪は溶けてなくなっていた。

日差しも強くなり寒さも和らいだ。

真っ直ぐのハイウェイを1時半ほど運転したら、エイブラハムが車の窓を開けて手を出し呼んだので、その隣にバイクを付け並走した。

「ソコロで昼食にしよう」とハイウェイの標識を指した。

僕はヘルメットを着用していたので聞き取れなかったが、ハイウェイの次の出口で休憩だろうと判り OKと指でサインした。

ソコロでハイウェイを降り、メインストリートの外れに一軒家のメキシコ料理店の駐車場に入っていった。

「バイクの調子はどうだい？」とエイブラハムが聞いた。

「すごくいいよ」

店内に入り席に案内された。

ウェイターはメニューにサルサソースとチップスを持ってきた。

サルサソースは激辛だったが、これくらい辛いほうが旨いと思うようになっていた。

ブレアはリブブレット。

エイブラハムはグリーンチリのエンチラーダとチリレノのセット。

ジーナはグリルドチキン・シーザーサラダのハーフサイズ。

僕は、ウェイターにブレックファーストを注文できるかを尋ねた。

「いつでも注文できます」と言うので朝食の欄からステーキ・ブレックファーストを選んだ。

「卵はどう調理しますか?」

「オーバーイージ」(半熟の両面焼き)と答えた。

「お肉の方は?」

「レアーで」

それに加えエイブラハムはアポタイザー・サンプラーを追加した。

ブレアは手づかみで豚の肋骨についた肉の塊と格闘して、手も口の周りもバーベキューソースでべちょべちょだった。

アポタイザー・サンプラーは12ドル99セントとは思えないほどの量の揚げ物や前菜に、バッファローチキンなどが種類豊富に盛り付けられたが、結局、食べきれず持ち帰り用のタッパーにパンパンに詰めた。夕ご飯を作らなくても良さそうだと言った。

駐車場でバイクのエンジンを掛けた。

「エイブ、俺さ。ちょっと先に行くよ。カリゾゾで待っている」

「バイクの最高時速を試すのか?」

「なんで判るの?」

「新しいバイクですることなんて、それくらいだろ」

「今日は車が少なそうだし380号線はストレートが100㎞近く続くから、ちょっと飛ばそうと思う。それに体がバイクの運転を思い出してきた」

「気を付けろよ。勾配の低い山が何か所かある。カーブはなだらかに見えるが下り坂はスピードが乗ると減速するのが難しい。早めにブレーキしろよ。結構事故も多いんだ。あとはカリゾゾに近づくと警察車両がいるから標識をよく見て、スピード違反だけはするなよ」

「わかった。無理はしない。軽めに飛ばすよ」

「ナンドゥッセッ」

「ナンドゥッセッ」

　エイブラハムは僕が知る中でもっともクールな大人だった。

多分、若い頃は散々ヤンチャしてきたのだと思う。

だから、僕のわがままも許してくれる兄貴分のような存在になっていた。

　僕は、ニュートラルで派手にアクセルを吹かしてエイブ達に手を振り駐車場を出た。このバイクはすごく安定している。多少の加速くらいでは揺れることもない。高速に乗ると５㎞もしないうちに、すぐ次のサンアントニオの出口のカーブに膝を擦りながら380号に合流した。小さな集落をすぎるまでスピードは抑えた。電車の遮断機をすぎたら、警告音がカンカンカンと鳴り出した。電車の汽笛が遠くからポーっと鳴るのが聞こえる。Santa Feと黄色い字で書かれた青い貨物列車が、１㎞ほど連なり走って行くのがバックミラーに映った。リオグランデの支流に近づき、冬を南で過ごす鳥の群れが餌を探し、バサバサと羽の音をたてながら風を切った。川を跨ぐ橋を越えれば、砂漠が一気に広がった。その砂漠に延びる一本道の上には雲一つない青空が広がった。

1人になりたいときもある。

自分だけの自由を満喫したい。

その思いで、誰の眼も気にせずにバイクを走らせた。

初めは自分の丁度良い速度。

頭を低くして前傾姿勢になり、カウルにつながっているアクリル製の透明なシールドで風の抵抗を避けながら、銀の銃弾が砂漠を切り裂くようにアクセル全開でスピードに乗った。時折、下り坂に入るとスピードはさらに加速させ、上り坂ではスピードが伸びずにエンジンだがけたたましく唸った。砂嵐のせいかアスファルトの凹んだ部分に砂溜まりが所々にあるので、そこを避け黄色い中央線にバイクのタイヤを乗せた。対向車線に車は見える範囲には1台もいない。タコメーターの針先がレッドゾーンを越え、ハンドルが小刻みに震え始めた。車体が路面から吸収した振動で上下に揺れ始め、重い車体の全体が浮くような感覚と前から受ける風の抵抗で体はこわばり、ヘルメットの隙間から入ってくる空気が多すぎて逆に呼吸しづらくなってきた。加速に目が追い付かず視野もしだいに狭まった。急に追い風が吹き始め、それに乗ったら、もう一段ギアーシフトを上げたように風が、バイクを背中から押した。

車軸の中心のバランスをとることだけで精一杯で、もうこれ以上スピードが伸びないところまで達した。

エンジン音が今までとはあきらかに違った唸なるような低音も聞こえ始めた。たぶん、この辺が限界なのであろう。アクセルを緩め、カリゾゾまではゆっくりと疲れない速度で流した。

道の果てには銀嶺が輝くホワイトマウンテンが現れた。

こころの中であの山との絆を確かめるように「ヤアッタへ」と挨拶をした。透明な鹿にもう一度会えると期待したが、今日は会えなかった。あれは、日没や夜明けにしか現れないのだろう。

カリゾゾでバイクを止めたら、熱気を帯びたエンジンはキンキンと金属音が鳴り続けた。

このバイクに向かって「ありがとう。お疲れサン。これからよろしく」と言葉を掛けた。心配していた後ろのタイヤは滑る感覚もないし、まだしばらく交換しなくても良さそうだった。

ガソリンスタンドで買ったスポーツドリンクを飲みながらエイブラハムたちを待っていた。シンディがチャペルで歌ったあの歌が耳の中でフッと聞こえ始めた。

哀感がこもった歌声。

乾いた冬の砂漠は夏よりも、さらに生き物を拒絶しているようだった。

死と生のギリギリの境界に一瞬の輝きがある。アパッチ族の誰かが言っていたのを思い出しタナシス（死の欲動）を感じた。

瞬間と瞬間の間にある脆さ、そこには悲観的な自己矛盾は存在せず、死が存在するからこそ思い出の美しさが極まった。

目を閉じると山頂から見た御来光の映像が、何度も何度も繰り返し映し出された白昼夢に浸った。

その光彩が心から離れないようにしっかりと胸にしまい込んだ。

灼熱のような光の中から希望を見いだせるように願えば、頭の中でピンク・フロイドのシャイン・オン・ユー・クレージー・ダイアモンドのギター・フレーズが奏で始めた。

第9章　真っ白な砂漠

ついに来た憧れのホワイトサンズ。

この砂丘は雪花石膏の結晶を、何百万年にもわたる風の浸食によって形成された時間の砂。

それが見渡す限りどこまでも続き、まるで雪のようだった。

車の隣に張ったタープの下では女性陣がバーベキューの準備をして、男性陣はスタンを先頭に1列になり砂漠の中心にある聖なるセイジを探しに歩き出した。僕とエイブラハムとロッキーは1ガロンの水が入った容器を背負い、ブレアとライオは手をつなぎ後ろの方からついてきたが、エイブラハムが2人に道に迷うと危ないからジーナのところに戻れと言っても、2人は無視して付いいてくるようすだった。

それを見かねたロン爺さんが「わしと行こう」と2人の手を取った。

ジャケットを着て歩くにはちょうどいい温度だったが、太陽が真上に昇ると白い砂に反射してサングラスをしていてもまぶしく歩くのも大変だった。後ろの3人が後れを取ると砂丘の影で目を休め待った。無風状態の砂漠には僕らだけの足跡が真白な砂の上に残った。

ひたすら歩き続けると、

「もう少しだからがんばれ！」とスタンが声を張った。

大きな急勾配の砂丘を廻り込んだら、直径10メートルほどのセイジが群生する場所があった。そこだけ2ｍほど盛り上がり、周りには根っこが黒っぽくむき出しになった石膏植物スタンドが現れた。

「ここだ」とエイブラハムが言った。

うしろからロッキーが弟のライオとブレアの手を取りやってきた。

「ハーランとロン爺さんは手前の砂丘で一休みしてから来る」と言った。

ブレアはセイジの根がむき出しになった斜面を登り始め、エイブラハムが抱えその上に載せた。スタンが持ってきたハサミをブレアに渡し、器用にセイジを切り取り始めた。それをエイブラハムに渡すとビニールいっぱいになるまでセイジを集めた。

ロン爺さんとハーランがやっと辿り着いた。切り取ったばかりのフレッシュなセイジの香りを堪能した。

4人のメディスンマンたちがそのセイジの群生地を大きく囲むように4方向に立ち、お礼と祈りの儀式の歌を歌い、始めた。歌い終えると背負ってきた水をセイジの群生に撒いた。

「ここのセイジには女性の精霊が守っていらっしゃるのだ。だから、女性がここにくると嫉妬して砂嵐を起こすと言われておるのだ」

スタンは北の方角を親指で指すと、

「向こうの基地の中には湖がありそこを2番目の姉妹がお守りなさっておる。一番上のお姉さんは湖の傍に聳え立つ岩の上に座っていらっしゃる。3姉妹の女神は仲良くこの土地で今も暮らして居る。今日は穏やかでいい日だ。太古からここはアパッチ族のテリトリーだった。ライオもブレアもがんばってよくここまで来たな。２人とももう大人として扱わないといかんな」とスタンが２人の頭をやさしく撫でた。

「父さんにここの話を聞いて、いつか見て見たかった」と言うとブレアは感情を露にしてベソをかきだした。さっきエイブラハムに帰れと言われたことにたいして、よっぽど腹を立てていたのだろう。

「泣いちゃだめだよね」とエイブラハムに向かって言った。

エイブラハムはハグして、

「いいさ。俺も悪かったな。戻れと、つい怒鳴ってしまって」

流れた涙と鼻水はもう既に乾き白いスジになっていた。泣き止んだブレアはすっかり元気を取り戻し、先頭にたって自分たちが残した足跡を辿りながらもと来た道を戻り始めた。太陽を背にして歩き出すとそんなにまぶしくなく歩きやすくなった。白い砂に映し出された影は青に近い色合いだった。

何度となく砂丘の影で休むと車の止めているところに着いた。

喉がとにかくカラカラだった。

帰りの水を少しは取っておけばよかったが、セイジの群生地に全部撒いたからだ。

樽のような大きさのプラスチック製のピッチャーに入ったクールエイドを、腹がタプンタプンになるまで飲んだ。

アンティ・Eたちが作ったインディアンタコスをロッキーの隣に座りほお張った。

「明日からまた学校だね」

「今年の冬休みは１回もスノボーに行かなかった。だから、今日ここでやろうと思って持ってきたけどやる？」とロッキーが聞いた。

素足になり、ブーツとボードを担ぎ大き目の砂丘に登った。そこから一直線に滑り下りると、バイクとはまた違う重力の加速感が楽しかった。ライオとブレアは３枚の羽根が付いたプラスチック製の青いブーメランを何度も砂丘から宙に投げた。後からケイトとジーナもやって来て２人乗りでソリに乗った。最後にやってきたエイブラハムは僕の使っていたスノボーで遊び始めた。

砂丘の上から未来を担うアパッチ族が遊ぶ姿を見ていると僕も楽しい気分になった。地平線に浮かぶ山々がやさしく見守ってくれているように感じた。

いつの間にかハーランが隣に座り６人が無邪気に遊ぶ姿を眺めていた。

「この砂漠のどこかにアパッチ族が合衆国から強奪した金塊が眠っているのだが、その話を信じるか？」

「信じます。アパッチ族の秘宝伝説ですよね」

「そうだ。でも、ここは国立公園だから掘り当てたとしても国に全て没収されてしまうだろう」

「財宝探しは楽しそう。西部のロマンですね」

「我々の部族が失ったものが大きすぎると思わないか？」

「ええ」

「君が居留地を見て、ここでの一番の問題は何だと思う？」

「アルコールや麻薬やギャンブルなどの依存症では」

「それは表面的な原因とされるものだ。その裏に一番の問題がある。それは自殺率だ。居留地内とその外では約3倍もの差があるのだ」

「そうなのですね。知りませんでした」

「希望を失った若者たちに最後の手段を択ばせる社会が本当に幸せと言えるのだろうか？我々もどうすれば良いのか判らない。どんな親でも子供が自立していい暮らしをして欲しいと願うはずだ。娘は居留地を出たいと言っていたがその気持ちもよく判る。居留地の閉鎖的なところが今の若者にとっては息苦しく感じてしまう、アイデンティティークライシスなのだろう。いいアパッチの若者がこの土地をいとも簡単に捨てて行ってしまう。誰もが希望や自由を持って暮らせるところはもうどこにもないのかも知れない。自分の娘すら守ることが出来ないのだから、ケイトは社会人になる前にステューデントローンで多額の負債がある。そして、それを返済するのに何十年もかかってしまう。私たちだって老後の資金が必要だ。居留地にはカジノくらいしか働き口がないのだが、カジノが出来てから居留地の中でも役職による貧富の格差が更に広まった。カジノを取り仕切っている連中は150年前の戦争で白人側に寝返った裏切り者の末裔だから我々の一家とは反目している。居留地をどうにか立て直そうともしたが、金に目が眩んだ同胞は聞く耳すら持たなくなってしまい、絆が消滅して部族が滅ぼうとしている。こんなことに成るのであれば、あんなものはなかった方がよっぽど良かった。時代はすっかり変わってしまった。もう、伝統を重んじるインディアンは我々の世代が最後かもしれないな。変わりゆく時代の中で、どこに娘や息子が居場所を見つけられるのだろうか？　わたしは彼らにアパッチ族として誇りを持って生きて欲しいだけなのだが、それも、なかなか、わかってもらえない。歴史から忘れ去られてしまったかもしれないが、ここは我々の土地だった。それを守るためにジェロニモと数名の戦士が合衆国と戦った。曾爺さんも勝てないことはわかっていたが、怒りしかなかったのだ。希望を持てるのは無知のなせる業なのかもしれないな」とハーランは虚空の白い砂をじっと眺め、僕が隣に座っているにもかかわらず孤立した影が諦めてしまったかのように肩を落とした。

そして、再び立ち上がり砂に〝Geronimo is here〟と大きく書き、こう言った。

「それでも、まだ、この大地は美しい」

夕日が砂漠全体を黄金色に染め、その一色に包まれ遠くに浮かぶ雲はぼやけ幻想的だった。

冬休みを一緒に過ごせたお礼を述べた。エイブラハムも臨時収入が入って家族サービスと親孝行が出来たと言っていた。

「ナンドゥッセッ」とスタンたちに言うと、

「またな。アウトロー」とスタンが微笑んだ。

スタンにそう言われ、ビリー・ザ・キッドのようなアウトローになった気がしてしまった。

明日から学校が始まる僕とロッキーはここでみんなとお別れをした。

夜道をロッキーの車を追うようにバイクを走らせ、ラスクルーセスから25号線をひたすら北に向かった。

寮の前で「また明日」とロッキーは手を振った。

「ナンドゥッセッ」と僕は手を挙げた。

寮母のミズAの部屋に入ったら、また砂だらけの僕を見て怪訝そうに眉をひそめた。

「いったい、ぜんたい、どうやったら、そんなに毎回、ドロドロになって帰ってくるの？」と不思議そうに尋ねた。

「ホワイトサンズに行った帰りなので」と答えると、彼女はズボンの裾にたまった白い砂をじっと見つめた。

「じゃ、これ書きましたので」とサインド・アップ・シートを返した。

「すぐにシャワー浴びてきなさい。明日から春のセメスター（学期）が始まるのだからね」

「そうします」

毎回、居留地から戻るたびに寮が少し狭くなったように感じるのだった。

第10章　アパッチの教え

春休みに居留地に向かって380号線をバイクで飛ばした。

真正面には、雪が残るホワイトマウンテンが見え、なにかが起こりそうでいつも心がワクワクする。

青嵐が山の木立をかき分け、空高く舞うゴールデンイーグルは悠然と居留地を見下ろした。

「ダタイ・イシタ」（鷲一羽）と小さな先生に教わったアサベスキン語を呟いた。

スタンは検診でガンが見つかったとエイブラハムから聞いた。

お見舞いを兼ねて伺うと、思っていた以上に元気そうで僕を家に招き入れてくれた。

「やあ、フユト元気だったか？」

「ええ、おかげさまで」

「修学旅行でコロラドに行ったそうだな。どうだった？」

「ロッキーとスノボーをして楽しかったです」

「それはなによりじゃ」

「それより腫瘍が見つかったと聞きましたが御加減如何ですか？」

「まあ。心配することない。私は手術や抗がん剤の治療はせずに神の手に委ねた。まだ、人生は終わってはいないし、やり残したこともある。ネットが普及したから世の中に誰でも声を上げることができる大衆の時代が始まった。その結果がどうなるのかを見てみたい。新しい時代がもうそこまで来ている」

そう聞くと治療をした方がいいのではないかと思ったが、彼の言葉には強い生きる力を感じ、きっと、死など恐れていないのだろうと思った。

「今日はせっかく訪ねてきてくれたから、なにか良い話でもしよう。フユトは英語が上達したな。もう、難しい話をしても良さそうだ」とコーヒーをキッチンに取りにいった。

「私は若い頃から読書が趣味でいろいろな本を楽しんだ。ユダヤ教のトーラやカバラ秘数、インドのヒンドゥー教やアユルベーダ、キリスト教の聖書、ブックオブモルモン、チベット密教の死の書、イスラム教のコーランやユナニ医学、そして仏教や東洋医学。最先端の情報科学の量子コンピューターやサイバー空間、そして、人工知能は精霊の世界の考え方に近い。黄帝内経素問の一説にこんなことが書いてあった。我は鬼神に関せず一人来て一人帰る。これが道なり。その頃、私は道とはなにかという問に答えを探していた。ただ伝統を踏襲する形骸化されとものが道ではないとその時に悟ったのだ。道とは誰にも邪魔させず必死になってひとつのことをする姿だ。これがインディアンの思想に最も近い言葉だと思った。ところで、フユトは自由になりたいか？」

　僕が大きくうなずいた。

「まずは、それが幻想だということを知らなければならない。そして、正義は崩壊した」

とスタンは噛みしめるように言った。

　僕は脇に汗が流れるのを感じた。

「金で自由を買えると思うか？」

「わかりません。僕はお金持ちになったことがないから」と少し用心深く答えてしまった。

「金がたくさんあっても、けっして自由にはなれない。魂がスポイルされて弱くなるだけだ。時間的余裕が生じると言う人もいるが、金がなくても時間的余裕は作れるし曲肱の楽しみもある。自由イコール幸せと思う人もいるがそれが一番の間違いじゃ。そんなことを目標として人生を送れば必ず無理が生じる。自由を幻想と仮定すると幸せも幻想となってしまうからだ。時間の制約。法律。金。物。生まれた国。それを支配する国。家族や友人。学歴。仕事。病気。感情。それらのさまざまな因子が一人一人に絡みつくように足枷となっている。それらを取り払って完全な自由になることはまず無理だろう。良い家に住んで、良い服を着て、良い車に乗る。それが本当に幸せか？　もし、そうだとすると人生自体がとても安易なものに成ってしまう。それは物や金しか頼りにできない哀しい生きざまだ。高い物も安い物もやがてはゴミになる。時にはお宝として化けることもあるがそれは稀だ。もう一つの落とし穴は一瞬の快楽のために人生をダメにしてしまうこともある。麻薬や酒それにパーティなどがそれだ。そういった所に身を置くと心が荒れ果ててしまう。自分だけは大丈夫だと油断をして、取り返しのつかないことにもなりかねない自分勝手な自由だ。ではいったいどこに幸せがあるのだろう？」

「自然の美しさ」と僕にとって一番大切なものを答えた。

「それも大切な背景だが、もう少し、深くにある。誰もが、感じたことがあるものだ」

「エンライトメント」（悟り）と少し頭をひねってみた。

「それは宗教的な言葉だが近い」

「無」と背伸びして頑張ってみた。

「そう表現してもいいのだが、少し遠ざかった。無は、時間も空間も存在しない、死後の世界観だ。我々は生きているから、もっと簡単な普通の言葉で言うと？」

もう少しであったが回答はもう見つからなかった。スタンは辛抱強く答えを待っていたが、僕は観念して首を振り「退屈」とスタンが静かに低い声で答えた。

「退屈の中に幸せがあるとおっしゃるのですか？」

「そうだ。もう少し解りやすい言葉に言い換えれば誇りある孤独だ。君にインディアンの知恵をひとつだけ教えるとするとそれだろう。忙しそうに動き回っていると本質を見失うのはそのせいだ。つまり自分を見失うな、ということだ。この世の中で一番つまらないものの中に誇りを持てば一番大切なものが詰まっているのだ。それを無視してつまらないものと卑下してはならない。空を自由に飛ぶ蝶のように一時的にサナギとなる状態が人生には必要だ。それを急かし邪魔をすると上手く成長できないことだってある。現代人は無為に時を過ごすことに嫌悪感を示すが、アパッチは風を聞き、雲と語る。そして、ゆっくりと心を動かす。だから、自然のサインを見逃さない。自分のタイミングで殻を破ればいいのだ。無理をすれば、当然、その反動がある作用と反作用の法則だ。休む術を知らなければ燃え尽きてしまう。だから、世の中に精神病が蔓延しているのだ。時は金なりというのは戯言で時間を売るような真似は決してしてはならない。こころに迷いや恐怖があると、なにもできないまま、あっという間に年を取って後悔しか残らないぞ。時は流水の如き絶え間なく流れていくからな。大切なのは無知と闘うことだ。ところで、ひとつ、聞こう。君が、もしも、全能な力を持った神になったとしよう。その時、君はどうする？」

「悪を排除して、正しい心を持った人々を救う」

「それは、非常に危険な考え方で平和のために戦争をするような危険な思想だ。善悪はコインの裏表のようなもので大きく見れば同じものだ。時に正義は暴力に正当性を持たせてしまうことがあるのだ。元来、人というものは善と悪の2つを兼ね備えている。この矛盾から目を離さなければ、この世も少しはまともになるだろう。もしも、私が神だったら、ただ人々を信じ見守る。事実、人はお互いのやさしさの中でしか生きられない。だから、人生は美しい。それでは、一つ宿題を出そう。君にとって人生で一番大切なものは何か？」

「一つ質問してもいいですか？」スタンはにっこりと笑ってうなずいた。

「道とはなにですか？」

すると、スタンが急に真顔になった。

「その問に答えるつもりはない。知恵とは力。用語として知ったつもりになっても意味がないからだ。よいかな？」

僕はうなずき大きなゴールデンイーグルの羽根一片を拝受した。

「これを落として地面につけてはダメだぞ。鷹は空高く飛び、けして羽を地面につけることはしないからだ」

それは風のように軽かった。

「ナハアンシ・イシャヘ」（感謝しそのようにします）と礼を述べた。

「ジュリアッテ・ダオン・セナクル・デジャハクー」（それは良いことだ。精霊の世界に誘おう）とスタンが答えた。

スタンは机の下から炊飯ジャーの内釜のような鍋に黒いゴム製の皮を張った小さなドラムを取り出すと、もう一方の手に先が5センチ程に丸く縛られた菜箸ほどのドラムスティックで、ポンッポンッポンッとドラムをゆっくりと叩き始め、そのリズムに合わせて歌を歌った。


砂漠の民は嘘つかない。

星が知恵となり我らを覚ます。

山の民は嘘をつかない。

太陽が火となり我らを暖める。

川の民は嘘つかない。

月が水となり我らを潤す。

森の民は嘘をつかない。

生きる道がそこにある。

生と死が繋がるとき天は我らを祝福する。

骨と魂が別つ時まで我らは歌う。

そして、我らを精霊の世界へ導きたまえ。

第11章　悪の枢軸

メキシコのカンクーンにあるホテルの最上階に、麻薬の密売人ラウルは麻薬カルテルのボスに呼び出されていた。

ボスは敵対組織と誤ってアメリカの一般市民を襲撃してしまい引退説が組織内で浮上したが、報道はアメリカの陰謀で一般市民ではなくＤＥＡ（麻薬取締局）の極秘潜入官だと苦しい弁明をカルテルのボスたちが集まる会議でした。

ただ、襲撃を行ったチームとその家族を含めて姿を消した。

「例の件はどうだ？」

「まだ、仕留めていません。カールスバットでは致死量のＰＣＰを酒に混ぜて飲ませたのですが死なず、仲間と襲撃を掛けた時は同居していた日本人もまとめて始末する手はずでしたが、その直前に逃げられ３日間待機したのですが戻りませんでした」

「そんな言い訳は聞きたくない。ラウル。お前には特段目を掛けてきた。誰がガァテマラの地獄から救いの手を差し出したかを忘れたか？」

「いいえ。ドン・カルロス」

「ひとつ問おう。我々と一般市民の違いは何処にある？」

「自分にはこの生き方しかありません」

「その違いは人を殺せるか、殺せないかだ。もっと言えば、それを秘密裏に行うのがプロだ。お前にそれができるのか？」

「はい。ドン・カルロス」

「これから国境に壁が建設される。これをビジネスチャンスにするにはより多くの製品をアメリカ国内に今のうちに送り込むことだ。値が上がるのは必然だからな。それがカルテルの意向だ。だから、邪魔者はすべて排除しろ」

「今度こそ必ず仕留めます」

「これからエルパソの呪禁師のもとに向かい悪魔との契約を結ぶのだ。相手はアパッチ族の酋長の末裔だ。一筋縄ではいかぬ。だが、すべてがうまくいったあかつきには幹部の椅子を用意してある。しかし、これ以上の失態は決して許されぬぞ。解ったな」

ボスからの直接の呼び出しに、てっきり消されるのではないかと覚悟していたラウルは首がつながりその凶悪な目を光らせた。

これ以上の失態が許されないのはお前も同じだろ。

こんな組織の幹部の椅子など欲しくもなかったが、命令が下されればやるしかない。

たとえ、相手がどんな奴でも関係ない。

空気が入るから仕事に集中してそれ以外のことはもう考えない。

暴力の中でしか生きる術がない自分にとってラストチャンスなのだから、どんなことでもする所存だ。

本物の地獄に落ちるとしても後悔はない。

初めて人を殺したときからあれと共にいる。

だから、これ以上なにも、失なうものがない状態になりたかった。

魂すらさえも。

第12章　卒業

光陰矢の如し、あっと言う間に卒業式を迎え、取り敢えず当初の目標はクリアーできた。

卒業式では、魔法使いのような黒いガウンに四角い帽子を被り、校長先生から卒業証書を受け取り、四角い帽子の中心についている紐の束を右から左に移動したら、これでやっと高校生活を終えることができた。

式が終わり会場の外に出て、モルタルボード（正方形帽子）を一斉に空に向かって回転させ勢いよく投げた。

アルバカーキーのオールド・タウンで会食し、それが終わったら隣接する美術館に向かった。地元のアーティストだったジョージア・オキーフの絵が沢山飾られていた。美術史の授業でも彼女の名前はよく出てきたので知ってはいたが、本物を見るのは初めてだ。淡い色の風景に牛の頭蓋骨。これこそが、アーティストが感じたこの土地のイメージなのだと感じられた。

この地域がとても好きになっていたが、帰国が迫っていた。

予定は8月の終わり、それまで夏のフィーストを手伝うためにロッキーの家で過ごすことになった。

今日はお祭り用の牛を2頭解体するのだった。

ロッキーの家の牧場にはホワイトサンズで儀式をした男性陣がそろっていた。

牧場の片隅にある牛を吊り下げるフレームに牛を連れて行き、ロッキーがライフルで牛の頭を撃った。

　足にロープを巻き付けウインチで引っ張り逆さに吊り下げ、ナイフ1本で皮を剝がし、腹を割き、内臓を抜き取り、そして、肉を運べる大きさに切り分けた。

　ロン爺さんが子供の頭ほどの心臓を僕に手渡した。

「これが、一番栄養があって旨いところだから、お前にやろう」

　血の付いた大きな心臓を渡されても重いし、ヌルっとして手の感触が気持ち悪く、吐き気がして困っていた。

「キャロンに渡してこい。あとこれも持って行け」とハーランさんに大きなビニール袋に入ったすい臓を渡され、その中に入れた。

　重い袋を担いで牧場を歩いた。匂いを嗅ぎつけた蠅が、どこからともなく飛んでくるのでそれらを手ではらった。強い日差しに雲がかかり、少し冷たい山の風が流れ気持ちが良かった。

　家の前で飼い犬のフラッコがすり寄ってきたので、すい臓の切れ端を投げるとパクリと一口で噛まずにゴクリと呑み込んだ。

　家に入りキャロンさんに袋を渡した。

「フユトは焼くのと煮込むのと、どっちが好き」

「焼いた方が好きです」

「そう。それじゃ。今夜はバーベキューね」

「楽しみにしています」

解体場に戻ると作業は早く進み2頭目の解体をしていた。

作業になれ、そんなに力をいれなくても皮と筋肉の間に刃を上手く入れると簡単に剥がせるようになったが、血でドロドロになる壮絶な作業が続いた。

胃や腸を開きパンパンに溜まった消化された牧草の糞を捨て、大きな黒いビニール袋に入れた。その作業が終わり、エイブラハムのピックアップトラックの荷台にそれを積み川に向かった。

そして、川の中で丹念に内臓を洗った。ブラシを使っても絨毛膜の隙間に張った緑色の糞は取り切れなかった。

居留地の管理する巨大冷蔵室に内臓を持って行くとハーラン達もいた。

冷蔵庫にそれらを収納し作業を終えた。

家に戻りバーベキューが始まった。

トルティーヤに野菜、チーズと香ばしく焼けた肉を包み食べると、新鮮な心臓とすい臓は臭みもなく、とても美味しかったが、コリコリとした触感のさっぱり味の心臓よりも、濃厚な脂の乗ったすい臓の方が柔らかくてやみつきになってしまった。自分達で解体した苦労もあり命のありがたみを感じ、楽しく笑い声が絶えないバーベキューをすることでフィースト（謝肉祭）の意味することがよくわかった。

その夜に、スタンが今年のフィーストを最後に引退して、エイブラハムがメディスンマンを引き継ぐと宣言した。

そして、僕もマウンテンゴッドのダンサーに加わることになった。

バーベキューが終わり、皆が帰ると、ひとつの時代の終わりを告げるかのように夜空に流れ星が短い直線を描いた。

次の日、スタンがブレアのリトルリーグの友達を４人連れてきた。

４人の真ん中に置かれたバスドラム。柄の長いキリタンポのようなドラムスティックを１本持ち、ドラムを叩きながら歌を歌い出した。

「デワセーカエペコハ、デワセーカエペコハ、ノッキング、オン、シンギン、ゴナー、ウェイ、ノッキング、オン、シンギン、ゴナー、ウェイ、カーエヨ、デワセー、カエペコハ、カーエヨ」と繰り返すのだった。

どこかで聞いたことが、ある曲だった。

「エイブラハムがこの歌を教えてくれたから知っている」

「それでは、君も一緒に歌いなさい」とキリタンポのような形をしたドラムスティックを１本渡された。

ブレアの隣に座り、歌が始まるとドラムを叩きながら歌を歌うのは思った以上に難しい。曲が盛り上がるところは、リズムが若干速くなり少し前のめりに強く叩き、曲の終わりはドン、ドン、と拍子を溜めて叩き、そして、３連でドン、ドン、ドンで終わる。５人で叩くドラムがシンクロし、ドラムの芯に当たるとボッンーと遠くまで響く凄い音が出た。

リズムは一定ではないので、みんなに揃うようについていった。1音しか出ないと思いきやドラムを叩く強さで音程を変えたり、拍子を前のめりで走るように進んだり、溜めて音を際立たせ、いろいろなテクニックで感情を表現するようだ。

昼食のハンバーガーは、外にあるバーベキューグリルでパティを焼き、野菜をバンズに挟んで頬張った。飲み物は砂糖をたっぷり入れたオレンジ味のクールエイドが定番だった。食事が終わり、スタンが帰ろうとしていたので、

「ダンサーの練習はいつやるのですか？」

「そんなことはしない。ぶっつけ本番だ」

「えー」

「えー、ではない。儀式は見世物ではないから気持ちだけでいい。上手いとか下手などで、誰も評価しない。リズムに合わせて踊ればいい。一緒に踊る人の動きを見て、その動きに合わせなさい。もし、不安だったらエイブラハムのところにフィーストの動画があるから、今夜でも見せてもらえばいい。それでは、孫たちが車で待っているから、もう行くよ。ナンドゥッセッ」

「ナンドゥッセッ。今日はありがとうございました」とスタンを見送り、車の荷台に乗ったブレアたちに手を振った。

エイブラハムが仕事から帰る時間を換算して、バイクで彼の家に向かった。ちょうどエ

イブラハムの車が家の駐車スペースに入って行くところだった。バイクのクラクションを鳴らすと彼が手を振った。

「夕飯食ったか？」

「まだ」

「じゃ。晩飯を食って行け。今夜はフライドチキンだから」

「ありがとう。食後にマウンテン・オブ・ゴッドの動画を見たい」

「いいよ。俺はシャワーを浴びてくるから、カウチでテレビでも見てナ」

ジーナに挨拶をしてカウチでテレビゲームをやっているブレアの隣に座ると、

「調子どう？」

「いいよ」

「そう。明日の練習はおじいちゃんの家で10時からだって言っていたよ」

「わかった。今日はいろいろ教えてくれてありがとう」

「俺、歌上手い？」

「上手いと思うよ」

「やったー。聞いたジーナ。フユトが俺の歌上手いって」

「そう良かったわね。チキンが揚がったから、エイブを呼んできて」

「はい」と言ってカウチを立った。

「フユト、盛り付けを手伝って」

「オッケー」と言いキッチンに入った。

「サラダ美味しそう」

「メキシコにあるレストランのレシピで作ったの」

「シーザーサラダ？」

「そう、ドレッシングから手作り」

「御馳走だね。なにかのお祝い？」

「ええ、そう。結婚記念日」

「おめでとう」

「本当はカジノのレストランに行こうとしていたのだけど、予約が取れなくて週末に行くことになったから前祝いよ」

「旨そうだな」と髪をタオルで拭きながら、短パンにTシャツ姿でエイブラハムがやって来た。

「僕、これ好き」とブレアがマカロニチーズを指さした。

「俺は、このジーナの作った豆料理かな」とエイブラハムがジーナにキスをした。

料理をテーブルに運び、幸せな夕食を楽しんだ。

外のレストランよりもおいしかった。

食後のデザートのアイスクリームを食べながらパソコンの動画を見た。

「これはアリゾナのアパッチ族のだから、こことは少し違うけど参考になる」とエイブラハムが言った。

「エイブラハムのもありますか？」

「昔、撮ったヤツがどこかにあるかもナ。多分、外の倉庫だから、また今度な。今日は仕事で疲れたから、そろそろ眠たくなった」

「オキドキ。それじゃ。僕もおいとましようかな。ジーナ。美味しい料理ありがとう。ブレアまた明日。ナンドゥッセッ、エイブ」

「グッナイ・マイ・フレンド」とエイブラハムと握手してロッキーの家に向かった。

次の日からは、午前中はスタンとブレアがドラムと歌を教えてくれた。

それを終えると、今度はフィースト・グランドにティッピーを立てたり、枝で覆ったドームを造ったりと休憩時間もないほど忙しかった。

なにをしているかもわからないこともあったが、エイブラハムの指示でロッキーと汗を流した。体力が必要な作業が続くと体が自然と筋肉質になった。切り分けた薪用の身長よりも大きいものも、１人で肩に担ぎトラックの荷台から何往復もした。毎日の作業と練習に疲れ切っていたが、人と人が助け合って祭りを作り上げていく過程を体験し、充実した日々を送り伝統的な生き方に楽しさを感じていた。

第13章　悪魔の契約書

テキサス州エルパソの国境近くの古い屋敷に密売人ラウルはいた。

「ドン・カルロスから話を聞いている。君がラウルか?」

「はいそうです」

「年齢は?」

「27です」

「ギリギリだが、まぁ良いか。これが私との契約書だ」

その内容にざっと目を通し、魂を売り渡すなどの文言が入っていたが気にせずサインした。

「これは生命保険か、なにかですか?」と契約書を返した。

「ハハハ、まぁ、そんなところだ。自慢ではないが沢山の人間を見てきた。だから、人を見る目には自信がある。こんなときに軽口を飛ばせる君のことがますます気に入った。酒は好きかな?」

「ええ」

呪禁師はおもむろに氷で満たされたボトルクーラーから、金色のスペードのデザインが入ったボトルをザっと引き抜き白いナプキンで水滴を拭いた。

そして、ポンッと小気味良い音を立てシャンパングラスに注いだ。

「乾杯だ。決行は7月7日の夜。祭りの最終日にしようじゃないか?」

「問題ありません」

「今回の仕事はアパッチ族に敬意を払い、昔ながらの流儀に則って銃を使わずナイフだ。ジェントルマンにはスタイルが不可欠だ。これは君に私からのプレゼントだ。これには非常に強い魔力がある。それが君の持つ潜在能力を引き出すこととなるだろう」

「ずいぶんと年代物ですね」

「そうだ。19世紀中期のものでジェロニモが生前使っていたナイフだ。相手には相当な呪術の使い手のメディスンマンがついているから、これくらいの代物が必要だろう」

「こんなものいったいどこで？」

「これはイエール大学の発掘調査時に出土したと聞いている。それはそうと、近くドン・カルロスが組織を退く、後任は君かな？　もし、そうだとしたら、これからとても長い付き合いになりそうだな」と呪禁師は口角を上げた。

第14章　山神

歌とドラムの練習は、午前中の日課となった。午後はフィーストの準備に忙しく、薪用の丸太を切ったり、ティッピーを立てたり、儀式用に松の葉を取りに行ったりしながら、スタンの指示にロッキーと2人で奔走していた。

そして、待ちに待った7月4日の独立記念日の週がやって来た。アメリカでは、この1週間はお休みとなる。日本で言うところのゴールデンウイークのようなものだ。

フィースト・グランドには、たくさんのティッピーが立っている。土のグランドの西側の草木で囲われた一際大きいティッピーは、成人を迎えた女性が儀式に使うものだった。そのティッピーの南側には50メートルほどの垣根で作られたアーケードがあり、その中では数ヵ所で焚火が行われていた。その後ろにメディスンマンたちが使うティッピーが4つあった。その一つがスタンのグループのものだった。

そのティッピーの外には青いビニールシートのタープが張られ、その下で、アンティ・Eたちが昼食のインディアン・ブレッドを揚げていた。

エイブラハムはキャンプ用の折り畳み式の椅子に座り、赤い石の塊をナイフで削り、なにかを造っていた。

「なにを造っているの？」

「パイプだよ」と作業を続けた。

その様子を見ていると、

「お前もやるか？」

「やりたい」

「そこの箱に石と道具が入っているから、適当に選びな」

・良さそうな石を選んだ。

「まずは、掌に収まる大きさでL字型に削って」

石が硬くてかなり根気のいる単純作業だったが、集中して削っていくうちに楽しさも感

じ始めた。

スタンに呼ばれ作業を止めてティッピーの中に入った。

「ブレアたちのグループが歌うが一緒に出るか？」

「出ます」

「そうか、わかった。　時間が来たら教える」

ティッピーを出て、また、黙々と石を削り始めた。

昼食を食べ終え、ロッキーたちと喋っているとスタンがやって来た。

「そろそろ時間だ」

ブレアたちはいつも通りはしゃいでいるが、突然のパウワウの参加に緊張していた。

フィースト・グランドの真ん中で大きな太鼓を囲んだ。

司会者がマイクで僕らのチームの紹介をした。

「このチームは、メスカレロ小学校のベースボールチームのメンバーで、春の大会では地

区優勝しました。　8月にテキサスで行われる州大会でも大いに期待されています。　そし

て、日本からの交換留学生で、アルバカーキーのメナール高校卒業生のフユト君も一緒に演奏します。それでは盛大な拍手をお願いします」

観客席のスタンドからスタジャンを着たエイブラハムが手を振っているのが見え、ブレアと一緒に手を振り返した。

ドラムの周りに座り緊張をして少しフワッとした感覚があった。

ドン、ドン、ドン、ドン、ドン、ドン、と少し小さめで速いフレーズから始まり、ダンッダンッダンッと音を大きめでゆっくりドラムに合わせて歌を歌い始めた。アパッチ族はプエブロのように高い声では歌わないが、変声期前のブレアたちの歌声はかなり高めだった。僕は、それに合わせてできるだけ近い音で歌った。たくさん練習してきたので体に音が染みついていた。ドラムと歌声がシンクロしチームのこころがひとつになり集中力が高まり、曲が進むにつれて次第になにも考えずに勝手に音楽になっていく不思議な感覚があった。

そのリズムに身を任せ曲の流れで体が勝手に動いていくので心地よい。

体が軽くなり浮揚し自分自身をフィースト・グランドの上から俯瞰的に見ているような感覚に失神してきらめく光の中に吸い込まれるかのような初めての経験。

それは、音が消え、大地のリズムと心臓のリズムが同化した。

あっと言う間にドン、ドン、ドンとドラムを強く叩きつけ曲が終わってしまった。

演奏が終わると大きな歓声が沸き起こったが、僕は、この間の記憶が飛んでしまった。

なにが起こったのか理解できずにティッピーに戻り、茫然と座り込んでしまったところにスタンが入ってきた。

「とても、良かったぞ」と僕の肩をポンポンと叩いた。

「僕は、時間の流れがとても速く感じて、少し物足りないような気がしました」

「君は、その時の空を見たか？」

「いいえ」

「多分、まだ、少しは残っているだろう。よし、外に行こう」

白い厚手のキャンバス生地のティッピーのドアをめくり、外に出て空を見上げると、不思議な形の雲が風に流されたものの、うっすらと残っていた。それは、少し曲がっていたが、山と言う漢字にも見える。

「なにかのサインですか？」

「そうだ。あれはマウンテンゴッドの王冠だ」

「なにかの啓示ですか？」

「そうだな。なぜ、我々が先祖を敬い、何千年も同じ歌を歌い続けるのかわかるか？」

「伝統を守るためですか？」

「それもあるが、ただ、長きに亘って続けるのではなく、その真にあるものは自然との調和だ。伝統は今や時代との境界線上にある。母なる大地と精霊。そのつながりは、儀式を通じて感じることが稀にある。それはヴィジョンと呼ばれ、その瞬間が生きる証としてアパッチ族に伝わる知恵なのだ。今日、君はその存在を微かに感じ取った。それを決して忘れてはならない。だがな、君がマウンテンゴッドの踊りを踊るのは、まだ早いのかも知れない。それには必然のようなもっと強い理由が必要なのだ。君はどう感じる」

「正直、まだ自信がありません」

「君が本当に踊りたいと感じた時が来たら、いつでもいいぞ。今回は祭りの雰囲気をよく見て感じなさい。そして、母なる大地と精霊と人とのつながりを、しっかりと見極めなさい。踊り手には山の神が乗り移る。まだ、君は流れで行動しているのに過ぎない。わかるか？　ワシの言う意味が」

「はい。私の行動が受容的で能動的ではないとおっしゃりたいのですね」

「君は素直でいいな。でもな。もうちょっと違うリアクションを期待していたぞ。私が君に言いたいのは、人生は良い時ばかりではない。悪い時もあるが少し我慢すれば、また、良い時が再び訪れることを知って欲しいのだ。時には忍耐も必要だ。君は、まだ、前しか見ていないからな。それは決して悪いことではないのだが、人の言うことを聞き過ぎて純粋に真っ直ぐだと道を踏みはずことがあるのだ。場の空気を読むのも必要だが、それも行き過ぎると周りの目を気にしてなにもできない。よいか、そして人生は長いのだから感情に振り回されても抑えつけてもいけないぞ。馬を乗りこなすようにこころと体を一体化させるのだ。それと、もう一つ。上手くいっていない時に、人や世の中のせいにしてはいけない。その理由は、こころに葛藤と矛盾が生じるからだ。もう少し簡単に言うと人のせいに転化しても悲しくなるだけだ。それは、自分で自分の足を引っ張ることだ。焦ることはない。こころのわだかまりを水に流して大いなる円を描くように生きなさい。つまり、もう少し考えに熟成が必要だ。行動と考察のバランスを取りなさい」と言い残しスタンはティッピーのドアをくぐり、なにかを取ってきた。

「これは、インディアン・フルートだ。精霊と会話するには言葉ではなく歌うといい。そして、大地の力を感じなさい」と、それを手渡された。

夜になり、フィースト・グランドの西側の枝で囲われた一際大きなティッピーの中では、成人を迎えた女性たちがドラムを音に合わせて踊り続けている。

揺れるオレンジ色の炎の揺らぎがドラムとシンクロして踊る姿を妖艶に映し出し、鹿の皮を白く着色したものに色とりどりのビーズで飾られた伝統的な衣装を着た踊り手たちは、不眠不休で一晩中踊る。それを祭りの期間続けるのだった。

体力の限界を超えるとトランス状態となり、人知を超えた領域に入るのだとスタンから説明を受けた。

「フユト。なぜインディアンが嘘をつかないのかを解るか?」と、隣に立つスタンが尋ねた。

「漢字では、嘘を口辺に虚と書きます。だから、積み上げてきた徳がなくなってしまうのだと思います」

「なかなか良い解答だ。しかし、この世は複雑になりすぎた。命に関わるような事態が生じた場合と家族や友人を守る場合に限って全力で嘘を吐け、そして、それは誰にも語らず墓場まで持って行くことだ。嘘を吐く責任は重いと忘れるな。決して守株の愚をおかすな」

それ以降はなにも語らずに黙って成人の儀式を見ていた。

フィースト・グランドの中心では大きなキャンプファイヤーが燃え盛り、マウンテンゴッドのセレモニーが始まった。

スタンドにロッキーの家族がいたので隣に座った。

メディスンマンがドラムを叩くとダンサーたちがキャンプファイヤーの周りを歩きだし、カウベルのような大き目の鈴やブーツに括り付けられた小さ目の鈴の音が幾つも重なり、川のせせらぎのようにも聞こえた。

そのピュアな音が自然と調和した。

「ダンサーたちはキャンプファイヤーを中心にして必ず時計回りに進むのだ。もしも、逆回りで進んでいたとしたら、そいつらは、インディアンの知恵をしらない偽者だ」とハーランさんが教えてくれた。

「何故、時計回りなのですか？」と僕は質問をした。

「自然は変容しながら、姿かたちが変わる。ちょうど四季のように、その流れが時計回りなのだよ。逆に回れば時間が逆行してしまい、それは自然の流れに逆らうことになる。古代人たちが描いたペトログラフの渦巻き模様も時計周りになっているのだ。それをグレート・サークルと呼び、我々は、太古から儀式や伝統を受け継いできた。そして、あそこで踊る者たちはガン・ダンサーと呼ばれ山の神が乗り移る。だから、知っていても誰が踊っているると名前を言うことは禁じられているのだ」

僕はそれを聞き黙ってうなずいた。

ドン、ドン、ドンとドラムがなり、ダンサーたちが両手に持った2本の木製の刀を天にかざした。

「ホ、ホ、ホ、ホ、ホ、ホ」とフクロウが鳴くような雄叫びを上げた。

ダンサーたちは、黒い覆面を被り、その頭の上には、縦横1メートル程の山と言う漢字に似た形の飾りをつけ、上半身は黒塗りボディーペインティングに白い塗料で袈裟懸けに4つの山が描かれ、腕にはジグザグの模様が入っていた。下半身には黒い革製のロングスカートを穿きベルトやブーツにはたくさんの鈴が付いており、黄色いモカシンブーツのつま先の部分がくるりと丸まった特徴のあるものだった。その成人のダンサーたちが4人。そのうしろには、白いマスクを被り、上半身は白塗りで、胸に黒字の十字が描かれ、白い短パンにモカシンブーツの子供のダンサーが2人いる。子供のダンサーには王冠のような飾りつけ、そのダンサーは錘がついた細いロープを振り回すとブン、ブン、ブンと風を切る音が、うなるように聞こえた。

ダンサーたちが被った巾着袋のようなマスクは、映画の西部劇で見た絞首刑のときに被らされるもののように見え不気味さがあった。この儀式の踊りの練習と短い動画をエイブラハムの家で見せてもらっていたが、その映像が暗く粗く見づらいものだったから、間近で見ると、闇夜の中で燃え盛る炎に映り込む踊り手たちの迫力が増した。

4人の成人のダンサーたちは時折、シンクロして左右の手に持った刀を振り、彼らが一列にならび両手を広げると、エイブラハムが殺した熊が脳裏に浮かんだ。見物に来た白人の中には一抹の恐怖を覚えスタンド席から離れて行くのが何人もいた。ハーランさんとロン爺さんはスマホで撮影している怖いもの知らずの白人に注意をしていた。

「何でも、勘でもネットやSNSに動画を投稿する輩が多すぎる」とハーランさんは嘆きながら席に戻ってきた。

「父さん、なんて言って注意したの?」とロッキーがハーランさんに聞くと、

「ネイティブアメリカンの肖像権を無許可で侵害すると罰金刑になるぞと言った」

「そしたら?」

「撮影するのをやめ録画を消去させたよ。それよりもフユトと2人でキャンプファイヤーの薪をくべる手伝いをしてこい」と言われ、ロッキーと僕は丸太が積まれているところに行き、3メートルほどある丸太を肩に載せダンサーの邪魔にならないように注意しながら、勢い良く投げ込むと無数の光る虫のような火の粉が、パチパチと音を立てながら空に回りながら消えていった。よく乾いた丸太の4、5本をキャンプファイヤーに加えると炎が一気に高く舞い上がり火柱が立った。それが地面を赤く染めガン・ダンサーたちの影が外側に向かって長く伸びた。

激しく踊るガン・ダンサーの衣装に付いているイーグルの羽根が地面に落ち歌を止めた。その周りにメディスンマンが集まり祈りを捧げた。場を清めたように見えた。それが終わると歌が再び始まった。

「なぁ腹減らない？」と顔がスス汚れたロッキーが聞くので、本当はもう少し儀式を見ていたかったが、うなずいた。

「ハンバーガーの出店があるから行かないか？」

女性の成人の儀式をしている1番大きなティッピーの後ろには、ランプの光炎が眩しい夜店が立ち並ぶ。銀製品のインディアンジュエリーや射的に飲食店、まるで日本の祭り屋台を連想させる。辺りにはターキーの足を燻製にした漫画肉のようなドラムスティックのいい香りがする。

「ロッキー。あれを食べて見たい」とターキーの屋台を指さした。

「あれか。見た目は旨そうだが、去年食べたら肉が古いせいか燻製しすぎで臭くて矢鱈目ったら不味かった。俺を信用しろ。奥のチリバーガーは絶品だ。子供の頃から毎年楽しみにしているのだ」

「オーケー。イフ・ユー・セイ・ソー・アイ・トラスチュー・ハーラン・ジュニア・ジェロニモ」と彼のフルネームを言った。

するとと、彼は笑みを浮かべ機嫌良さげに軽く顎をクイッと上げた。

キャンピングカーを改造したバーガースタンドのカウンターに座り、ソーダ水とチリバーガーを注文した。

「フユト、グリーシーポールって知っているか？」

僕が首を横に振ると、ロッキーは一番大きいティッピーの方に指を指し、

「あそこに皮を剝いでむき出しになった木が1本立っているだろ」

十メートルほどの薄黄色の細い木が立っているのが見えた。

「あの木の天辺に景品を括り付けて、それを取るイベントがあるのだ。木には潤滑油が塗られてツルツル滑るからグリーシーポールと呼ばれている。下から1人で登るのはとても無理だから、組体操の要領で2段から3段くらいの骨組みを人で組んで、ライオかブレアのような体重の軽い子供がその上から登れば上手く行くと思う。どう？　やってみない」

「結構大変そうじゃない」と僕は気が進まなかった。

「潤滑油のグリースで服もベトベトになってダルイことになるけど、エイブとかにも声を掛けようと思っているのだ」

「みんなでやるのだったら参加するよ」と気が変わった。

「じゃあ。俺の従兄にも声を掛けて人手を集めるよ。これで楽勝だな」とロッキーは笑った。

チリバーガーが運ばれ、大口でかぶりついた。

しゃっくりが出るほど激辛だった。

生のスライスされたハラペーニョがバンズと肉の間に大量に敷き詰められていたので、

顎から耳の中まで痛みを感じ、大量の汗をかきながらソーダ水で胃袋に流し込み根性で完食した。

次は、この店で一番辛いエキストラ・ホット・チリ・バーガーで未知の辛さに挑戦しようと思った。

第15章　ジェロニモの末裔

フィースト・グランドのベンチに一人で座っていたところにハーランさんがやって来た。

「フユト。私の弟を紹介する」

長髪にカウボーイハットをかぶりサングラスをした男性が手を出した。

「ジョセフだ」

「フユトです。よろしくお願いします」と握手した。

「フユトは曾祖父の話を聞きたいそうだ。少し、アパッチの歴史をはなしてくれないか?」

「お安い御用だ」とジョセフさんが言った。

「ジェロニモの末裔の方から直接お話を伺えるのは本当にありがたいことです」

「そうだな。それでは、どこから話すとしようか?」

「彼がどうやって力を得たのかを知りたいです」

「それは後にして、先ずはここから話そう。アパッチ族がなぜ足が速いかを知っているか?」

「いいえ」

「それは、手で肉などを食べた時に手に付いた肉の脂を膝や足に塗るからだよ。それが秘訣だ。食べ物は口で食べ胃に入れるだけではなく薬として使うこともできるのだ」

「へぇー。そうなのですね」

「騙されたと思って一度やって見るがいい」

「はい」

「曾祖父が生まれた場所はニューメキシコ州ヒラ国有林で、1829年の6月16日だった。そして、亡くなったのはオクラホマ州フォートシルで、1909年の2月17日だった。曾祖父の武勇伝は本当のこともあるが情報操作されたものもある。そして、部族の外に出ていない話も沢山ある。まずは、そこから話そう。世に出ている歴史など退屈なものだ。力は深夜に話しかけてくるから曾祖父は決して熟睡せずに半分眠って半分起きていた。それがいつ現れるかわからないからだ。前に進めといわれれば、敵がどんなに大群であっても引くことはなかった。力から学ぶことはたくさんある。その声を信じて行動すると流れや運が見えてくる。その流れに沿って生きていった。それだけのことだ。共感覚と言うものを知っているか？」

「ええ、聞いたことがあります」

「そこにいるテントウムシがなんと言っているかわかるか？」

「いいえ」

「そいつは食べ物を探しているそうだ」

それを聞き僕は少し苦笑いをしてしまった。

「虫や動物はいつも食べ物のことしか考えていない。しかし、友達になるとたくさんのことを教えてくれるのだ。たとえば、危険が迫っているとか、友達が困っているとか、そして、敵の情報。だから、曾祖父はあれだけの銃弾の嵐の中をナイフ1本で戦い続けた」

「それでは、どうして降伏したのですか？」

「それは部族の中から裏切り者が出たせいだ。そいつらは合衆国側の斥候隊に加わり部族の絆を分断したのだ。そんな裏切り者と一緒にこの居留地に押し込まれても、その恨みは次の世代にも受け継がれてしまう。話を続けよう。曾祖父は動物に姿を変えることができた。そして、動物の見ているものが見える力まで持っていた。君はそれを信じることができるか？」

「そこまでいくと、さすがについて行けません」

「まぁ、そうかもしれないな。しかし、歴史的事実として曾祖父は10代半ばから戦闘の第一線に参加しピークを迎えたのは50代半ばだ。つまり、40年間以上戦い続けたことになる。人知を超えたものでなければ、とうてい、できることではない」

「そう言われれば、そうですね」

「曾祖父は世界最強の山岳ゲリラと称されていた。その理由はこの土地の立地を熟知していたからだ。アメリカ陸軍がジェロニモを追い詰めた時にこんな証言が残っている。それは日の出の時間を遅らせたと報告書に記載されている。これには、実はトリックがあるのだ。それは、夜中に平原の砂漠を馬で逃げるジェロニモの部隊がホワイトマウンテンに東に向かって逃げ、山影によって日が昇るのが遅くなったように感じてしまうからだ」

「なるほど」

「とは言っても曾祖父は本当に不思議な力を持っていたことも確かだ。その力を得ようとして、スカルズボーンと呼ばれるファイナルズクラブが、曾祖父の頭蓋骨と大腿骨をオクラホマの墓から盗んだ。奴らはフクロウを偶像物として崇めている。そして、南のメキシコ軍は古くから呪禁師が蛇を偶像物として崇め、それらとアパッチ族は闘ってきた。戦争の裏にはそういったものがあるのだ。わかるかな？」

「ええ、まぁ」

「つい最近も、アメリカ軍がビン・ラディン襲撃時に彼のコードネームをジェロニモと使ったそうだ。私たちはそう言ったことに、もう、本当に辟易としている。アメリカ合衆国が侵略戦争を続ける現状は今も昔も変わらない。君の国に原爆が投下されたのは実験だったのも関わらず、それをこの国は戦争の早期決着の為などと歌っている」

「こっちの高校のアメリカ史の授業では、戦争の早期終結に原爆投下と学びました」

「そうであるならば、原爆の投下は1発でよかったはずだが、開発された2種類の原爆をそれぞれ違う場所に落とした説明がつかない。だから、教育は思考を統一する洗脳だ。歴史認識は歪められ、私たちから広大な土地を奪い。そして、小さな居留地に閉じ込められた。これは人種隔離政策だ。自分達の考えが正しいと思う連中は私たちを排除し人権を奪った。私たちは戦うしかなかったのだ。それを悪と決め付けられた。善悪は金持ちや権力者が決めること。そんな、ことに従う必要なない。この世は金持ちや権力者のものだけではない」

「では、なにを指標に生きていけば良いのですか？」

「こころの声を傾聴することだ。そう言った能力が人にはあるのだぞ」

「どうすれば、その声を聞けますか？」

「まずは、孤独になることだ」

「それから」

「焦ることはない。そのうちに自ずと聞こえるようになる」

「そうですか」

「ところで、アパッチ族の戦いの歴史を知りたいと言っていたな」

「はい」

「16世紀末にスペイン人がアパッチの領土に現れた。それが戦いの始まりだった。その戦いはメキシコ独立後も続いた。1837年にメキシコ政府はアパッチ族の頭皮に懸賞金をかけた。しかし、それは戦闘を激化させただけだった。そして、この戦争で曾爺さんは妻子を失った。1846年から1848年にメキシコとアメリカの戦争が勃発し、その結果、アメリカ合衆国が南西部を領土とした。その頃は我々と合衆国との関係は良好だったが、1861年に白人入植者の牧場が襲撃を受け、その犯人がアパッチ族の者だと決めつけ、陸軍はコーチーズの親族を3人処刑した。これがアメリカとの戦争の始まりだった。1871年に和平協定が結ばれたが、大酋長のナイチ・コーチーズが死去して状況が変わり3年後には、また戦いが始まってしまうのだった。その理由はアメリカ政府がアパッチ族との約束を一方的に反故にしたからだ。この戦いを曾爺さんが指揮を執った。なぜ、酋長でもない曾爺さんが、そんなことができたかと言うと、それは戦争に反対する酋長たちを全て白い砂漠で殺害したからだ。一方、アメリカ陸軍は5000人の兵力を投入したが、１８８６年の９月まで曾爺さん達は僅か１００名の戦士で抵抗を続けた。しかし、この戦いでチリカワ・アパッチ族の総人口は35パーセントまで減少してしまった。それをジェロニモの責任だと恨む者もいるが、私は違うと思う。目を覆うような侵略戦争と虐殺がここで行われたのだ。それが事実だ。曾爺さんは自由を愛しそのために戦った。その記憶が精霊となって今もこの土地に残っているのだ」

第16章　お祭り男

厚いキャンバス地が日の光でオレンジ色に透け丸太の影が列をつくった。熟睡し過ぎたせいで朝なのか夕方なのか時間軸が混乱した。ティッピーの中の焚火は薪が燃え尽き細く煙が1本、天窓に向かって伸びていった。

ティッピーの外に出た。

清清しい朝日が気持ちよい。

昨日の祭りの熱気が嘘のように静まり返っていた。

ティッピーの外にあるキッチンに戻り寝起きのロッキーがいた。

「モーニング。フユト。コーヒー淹れたけど、飲む？」

「ありがとう」とコーヒーを受け取った。

「今日は7月4日の独立記念日だから、カジノで花火を打ち上げるから見に行こう」

「いいよ。わかった」

「朝食はどうする？」

「フライドブレッドでいい」

「祭りは、まだ続くからそのうち食べ飽きるぞ。フユト、単車でリドーソの街まで行こう。朝食しか営業してないサンドイッチの専門店があるから」

「いいよ」

山を下りバイクを飛ばし、アスファルトの道は森を真っ直ぐバリカンで刈ったようだった。真夏でも朝晩は上着なしだと風を冷たく感じた。バイクのタンデムシートにまたがったロッキーは、対向車に知り合いを見つけると膝を伸ばし立ちあがり手を大きく振った。その車はプップッとホーンを鳴らすと窓から手を出しCの形で合図した。先に警察がいるというサインだった。街にはいると25マイルまでスピードを落とした。独立記念日の間は警察の取り締まりが厳しくなる。

「そこを右に入って」とレストランを指さした。

レストランに入り、テーブルに案内されると店員が直ぐにオーダーを取り始めた。常連のロッキーはメニューを見ずにいつもと言わんばかりに注文したが、僕は初めて来た店だったのでメニュー表に集中し、どれを頼めばいいのかわからず、店員のお勧めのトゥデイズ・スペシャルにした。

「お飲み物はどうされますか?」

「アイスレモンティー」と注文したが、店員には伝わらず露骨に顔を曇らせ、ロッキーがすかさず言い直した。

「アイスド・ティー・ウイズ・レモン」と聞き、その店員は笑顔を取り戻した。

「フユトは時々変な英語を話すよなぁ。俺は慣れてきたから勘でわかるけど」

「傍から見ると、僕は変な英語を話すネイティブアメリカンに見えるのかな?」と言うと、ロッキーは吹き出した。

「まぁ、スイス人には見えないだろうな」と、日本人とは笑いのツボがずれているアメリカンジョークを飛ばした本人が受けしてしまい、静かな店内にその馬鹿笑いが響いたから店中の客達が一斉に振り返った。

トゥデイズ・スペシャルは照り焼きビーフのグリルドサンドイッチ。味の濃い目のすき焼きをパンで挟んだ感じだった。パンの表面がカリカリして甘しょっぱいビーフは新感覚だった。ロッキーのハムサンドは薄切りのハムが5センチほどの分厚い層を作り食べ応えがありそうだ。

「ロッキーが連れて行ってくれた店のどれもが当たりだね」

「どの店も子供の頃から家族で食べに行っていた店だから、連れて行ってくれた親父にサンキューかな」とご機嫌だった。

釣りに行かないかとロッキーが言い出した。

「なんで急に?」

「ニジマスが結構釣れる場所があるんだけど、お祭りの間は誰も釣りをしていないはずだから今日は入れ食いだと思う」

「カンが働いたの?」

「イエス・アイ・フィール・ラッキー」

「OK。行こう」

家に戻り、深緑色のゴム製の寸胴を装着し、クーラーボックスと釣り竿を持って出てきた。

ホワイトマウンテンの方向に向かった。ゴールデンイーグルが頭上近くまで飛んできた。近くで見るとかなり大きいのがわかる。ピンと伸ばした翼は２ｍくらいある。前を走る車の幅と同じくらいだ。

「去年ホワイトマウンテンに登った時に見た奴だな」と興奮しながら僕の肩を叩いた。

「なんで判るの？」

「尾翼の模様」

ゴールデンイーグルが前の車の上を飛び越えていくときに、はらりとなにかが落ちて行く影が見え、急ブレーキを掛けてバイクを路肩に止めた。道路を歩いて引き返すと羽根が落ちていた。それを拾いロッキーに見せた。

「来て良かっただろ。フユトに山の神様からのプレゼントだ。母さんに頼んでビーズの飾りをつけてもらおう」

舗装されていない砂利道を進み山の中腹にある水嵩の低い湿地帯に辿り着いた。

そこから徒歩で森に入り大きな川が見えてきた。

ロッキーは水音を立てないようにゆっくりと水の中に入って行った。

川の真ん中にある岩に登りフライフィッシングを始めた。

ロッキーの予想通り入れ食いで、ものの10分でクーラーボックスは満杯になった。

水から上がってきたロッキーは、「大漁だろ」と満足げだった。

僕も一回くらいやって見たかった。

家に戻り魚を台所で洗い、腹を割き内臓を取り除き串に刺した。

魚は27匹もいた。

「これだけの数の魚をレストランで注文したら500ドルは取られるぜ。きっと」

「ねぇ、あのフライフィッシングのやり方、誰に教わったの？」

「ロン爺さんだよ」

フィースト・グランドに魚を持って行くと昼食の準備をしていた女性陣に喜ばれた。手伝おうと焚火の周りに串刺しの魚を立てていき、塩を振ろうとすると、「それダメ！」と注意された。

「え、なんで？」

「フィーストの期間は、メディスンマンは塩分を取ってはいけないの。だから、ここの料理に塩は一切使ってないの。フィーストは昔の生活をできるだけ再現して続けてきたのよ。塩や砂糖なんて使い始めたのはごく最近のことよ」とエイブラハムのお母さんのアンティ・Eにそう言われた。

煙が青空に昇り辺りには魚の焼くいい香りが漂った。焼き上がった魚は、以前、カジノのレストランで食べたものよりもおいしそうだった。

昼食に戻ってきた男性陣がキャンプ用の折り畳み式の椅子に座り魚を頬張り始めた。

「ロッキーが釣ってきたのよ」とアンティ・Eが言うと、

「居留地で取れたものが、フィーストには一番いい」とスタンが答えた。

「ありがとう。ロッキー」とブレアがロッキーに向かってお礼を言った。

そのやり取りを見ていたロン爺さんがロッキーにウインクをすると、ロッキーは軽く敬礼をして外に出て行った。魚をまだ食べていないのにと思いつつ僕も彼の背を追った。枝葉で出来たトンネルを抜けるとロッキーが立ち止まった。

「魚食べないの？」

「いいんだよ。みんなが喜んでくれたら」

フィースト・グランドのスタンドを上り一番上のベンチに腰掛け、ロッキーがタバコを出した。日本と違いニューメキシコ州法では18歳から煙草の喫煙が認められている。

「インディアンは煙草の煙に願いを掛けるのだ」

煙草の煙を肺まで入れ空に向かって煙を吐き出した。

「どんな願いをした？」

「世界平和」と聞いたロッキーは吹き出した。

「美女コンテストでもあるまいしマジかよ。そんな願い事をする奴初めて見たよ」

「じゃあ。ロッキーは？」

「グリーシーポールを登り切って景品のカウボーイハットをゲットすること」

「そんな景品があるのだ」

「俺が土台になるからできるだけ登ってくれ」

「わかった。なんとかする」

「大切なのは景品の分配ジャンケンだ。お前が勝ったらカウボーイハットを選んで欲しい」

「わかった。僕が勝ったらカウボーイハットね」

「インディアン、嘘つかない？」

「ハオ」と手を挙げた。

「フユトが、それをやると人種差別だぞ」

「いや、俺もほとんどアパッチ族だから大目に見てよ」

夕方になりライトアップされたグリーシーポールの周りは黒山の人だかりだった。ちびっ子たちが挑戦するが2メートルも登れない。女の子が奮闘していたら歓声が沸きポールの半分まで上ったが、するすると落ちてしまった。大人と子供のチームが組体操の要領で2段まで組み、その上から少年が登るも頂上に付いている旗を取れずに滑り落ち、組体操も崩れてしまった。

「大丈夫、従兄のパーシーを呼んだから、仮釈放で出てきたばかりだよ」とロッキーが言った。

「パーシーって誰？」

「心配するな。少々、短気だけど根は優しい奴だから。きっと、あいつは生まれる時代を間違ったのだよ。アメリカと闘っていた時だったら、良い戦士になっていたと思う」

そんな噂をすれば、人混みよりも頭一つ上の人物がコッチに向かってきた。

ロッキーが後ろに振り返り手を挙げたら、モーゼが紅海を割ったかのように人混みに道ができた。そのシルエットはプロレスラーが花道を歩くかのようだった。

「よう。ロック。久々」

「なんだよ。パーシー。祭りが始まって数日たつのになんで来なかった。一体、どこに隠れていた?」

「ムショボケですっかり人混みが苦手になった」

「それでムショはどうだった?」

「最悪だよ。あそこはサイコパスの集まりだからスゲー怖かった」とパーシーが言うと、すかさずロッキーが笑いながら突っ込んだ。

「向こうは、あんたのことを怖がっていたと思うぜ」

「ホワイ?」とパーシーが凄んだ。

「ザッツ・ホワイ」とロッキーが返したので、僕は思わず吹き出してしまった。

「なんだよ。だったら、もっと偉そうにしていけばよかった。まぁ次回だな」

「ガッデーム! パーシー。またムショに行くつもりか?」

「冗談だよ。ロック。それより、こいつが噂の日本人か? 想像していたのとはチョット違ったな。俺がイメージしていたのは、七三分けで眼鏡に出歯だけど、お前はジャングルブックに出てくるモグリに似ているな」

「貶されているのか、褒められているのか、よくわからないけど、取り敢えずヨロシク」と言うと、パーシーはジョークだよと言わんばかりにニンマリした。

「困ったことがあったら、なんでも言ってくれ、ロッキーの友達は俺のダチだからな」と握手した。

「そろそろ、俺らの出番か？」

「フユト。まだ、エイブ達が来てないし、後になればなるほどグリースが取れるから滑りづらくなる」とロッキーが待つように言った。

しばらく待ったがエイブラハムはなかなか現れない。

木のポールに塗られたグリースも良い感じで落ちてきたから、先に景品を持って行かれそうでロッキーが痺れを切らした。

「フユト、エイブ探してきてくれないか？　もう、この辺に居るはずだから」

人混みの後方にエイブラハムを見つけたが、見物客が増えてここまで来るのに苦心していた。

「ヘイ！　ダチを通してくれないか？」とパーシーが怒鳴り人混みがドヨドヨとし、隙間ができエイブラハムたちがやっと来た。

「ウエルカム・トゥ・ホーム」と言いエイブラハムがパーシーにハグした。

「パーシーどこに行っていたの？」とブレアが聞いた。

「テキサスだ」と、彼をひょいと持ち上げ肩車した。

ジーナは彼の頬にキスをした。

「遅いよ。エイブ」とロッキーが言った。

「ゴメン。秘密兵器を持ってきた」と紙袋に入っている白い粉を見せた。

「ヤバい奴じゃないだろうな」と冗談でパーシーが親指の爪を鼻腔に押し付け鼻をする仕草をした。

「馬鹿言うな。そっちじゃねえ。これは体操選手とかが使う滑り止めだ。手に振りかけろ」とエイブラハムが手本を見せた。

「円陣を組もう」

「パーシーが土台でそれを俺が登る。ロッキーは反対側から登って俺の上で肩車の要領で座れ、その上にフユトが立ち上がって、最後にブレアが旗を取ってくる。ブレアはなるべく俺らの体を伝って登りグリースを体に付けないように注意しろ」とエイブラハムが作戦を立てた。

「異論がなければ、1、2、3、ハッでいこう」とパーシーが提案した。

「1、2、3」

「ハッ」と全員の声が揃い気合いを入れた。

作戦通りにパーシーがポールを抱きその肩にエイブラハムが立ち上がった。パーシーたちの反対側から登ったロッキーはエイブラハムの肩に立ち上がった。少し作戦とは違ったがこの方が頂上までの距離が稼げる。僕もポールにしがみ付きながらロッキーの肩に足を乗せた。足の位置が不安定だったので下を見ると結構な高さに眩暈したので、目をつぶってポールに必死にしがみ付いた。

上を向きポールの先の旗までは約5メートルあるが、ここまで登ればグーリスはあまり塗っていないようだった。

ジーナに持ち上げられパーシーの頭を踏みながらブレアは懸命に登り始めた。

ポールと僕を掴みながら登って行くときに目があった。

「頑張れ。もうすぐだ」

「ヤッ」と息を切らせながら返事をした。

片手をポールから離しブレアのTシャツを引っ張り、ブレアの足を支えて持ち上げた。

ブレアの足が離れて行ったのを感じもう一度ポールにしがみ付き直した。

ブレアが旗に近づいた時、突然、土台がグラグラとなり崩れそうになった。

もうダメかと思ったが、体をポールに押しつけ下の負担を軽減させるとグラグラは収まった。

「エイブ、気合入れろ！」とパーシーの声が聞こえてきた。

「ブレア！　もう少しよ！　頑張って！」とジーナの声援が彼を後押しした。

歓声が観客からワーっと沸いたので彼が旗を取ったのがわかった。ブレアが下りてくるときに、

「やったよ！」とブレアが嬉しそうに言った。

「フユト、早く下りってこい」

僕が下り終えるとロッキーはそのままの体勢から後ろにジャンプして飛び降りた。エイ

ブラハムとパーシーは痛そうに肩を押さえながらも嬉しそうに笑っていた。

「ハァオー」と狼のようにパーシーが月に向かって吠えた。

それに続いて、僕らも勝利の雄叫びを上げた。

先頭を歩くブレアは旗を振り回しながら人混みをかき分けた。

女の子の友達を見つけたブレアは、手に付いたドロドロのグリースをその子に付けようと追いかけまわし、「きゃー」と叫ぶ女の子を見たジーナが「ビヘイブ・ユアー・セルフ」とブレアが叱られていた。

景品交換所に行きブレアは旗を景品係のおじさんに渡した。

「俺はこれ」と任天堂ＤＳを掴んだ。

「ブレアは今日一番活躍したからナ」とパーシーに褒められ、デッカイ手で頭を撫でられたが、グリースが髪の毛に付き嫌そうにその手を振り払った。

「俺はこれいいか？」とパーシーは銀製品のネックレスを掴み、

「母さんに迷惑をかけたから、少しは親孝行しないと」と呟いた。

ロッキーは念願だったカウボーイハットを選び、エイブラハムは、ジーナにターコイズのイヤリング。

僕は最後まで残ったビーズで飾られたインディアンジュエリーのブレスレット。

水場に行ってグリースを洗い落としたが、汚れを取るのはとても無理だからＴシャツとジーンズは廃棄するしかなさそうだ。

パーシーとエイブラハムが公衆トイレに入ったので僕も連れションに行ったが、2人の姿は見えず大の方のドアが閉まっていた。

声を掛けようと思ったが、深刻そうなひそひそ話が微かに聞こえた。

「エイブ、これ頼まれた売人のリストだ」

「面倒掛けたな。これは俺になにかあったときのお守りにする」

「それで、ホントにいいのだな。お前がＦＢＩの協力者だと情報を流しても、でも、こんなことをしたら、本気でお前の命が狙われるのだぞ。俺は刑務所にいたから相手がどんな奴らかよく知っている。一度狙った獲物は死ぬまで諦めないのだぞ」

「わかっている。それが狙いだ。きっと、ダックを殺ったヤツが現れる。これはダックの弔いだ。アパッチ族は必ず落とし前をつける。そうだろパーシー」

僕は聞いてはいけないことを聞いてしまったような気がしてしまい、2人が扉を開ける前に音を立てずに外に出た。

第17章　バッド・メディスン

ニューメキシコ州ラスクルーセスにあるホテルに、組織から送り込まれたチームが襲撃に向けて待機していた。

そこにドン・カルロスの訃報が入った。

男たちは無言で荷物をまとめ部屋から出て行った。

残されたのはラウルと呪禁師だけだった。

「お前も行かなくてもいいのか？」と呪禁師が尋ねた。

「俺はアンタとの契約が残っている」

「そうか。では、ひとつ頼みごとがあるのだが、どうだろう？」

「ここまで来たら、なんでも言ってくれ」

「可能であれば、エイブラハムの息子も殺めてくれないか？」

「なんで？」

「我々の一族とコーチーズとの因縁は古くからある。それはアメリカ軍とアパッチ族とが戦っていた時代まで遡る。我々一族もまたチリカワ・アパッチ族のメディスンマンだったが、白人の子供を身ごもった曾祖母は部族から追放され、1人この地に辿り着き出産した。コーチーズは曾祖母を裏切り者とし排除した。その絶望は計り知れない。そして、祖父は白人としてもインディアンとしても生きることができなかった。この不条理がやがて恨みに変わった。父は奴らの一族を根絶やしにするまでは一族の本願は達成しないのだと死に際に言っていた。父は奴らの意志を受け継いだ。私はこのチャンスを長い間待っていたのだ」

「そう言うことだったら引き受けてもいいが、だったら、俺からもあるぜ」

「なんでも申せ」

「組織のドンに俺を推してくれ」

「予言しよう。これから跡目争いが始まる。それが終われば組織はお前のものだ」

「グッドディール」と眉をつり上げた。

第18章　弔い

楽しかった祭りも今夜で終わる。

夕食をロッキー家で食べ終えティッピーに戻り異変に気付いた。

人が出払いそこには人気はなかったが、なにか揉め事があったようにキッチンが荒らされ、立ちすくむ僕を尻目にティッピーの中から知らない人が出てきて、威嚇するかのように睨みつけてから出て行ったが、ショックのあまり声を出すこともできなかった。

その後から眼下に青あざをつけたエイブラハムが這って出てきて、

「あいつを捕まえろ」と言った時に左手で押さえた右腕から血が滴り落ちるのが見えた。

僕は、訳も分からずに逃げた男の後を小走りで追った。

駐車場で、そいつに追いついた。

「おい、待てよ」

「なんだ。お前は邪魔するな」とバリバリと光を放つスタンガンを左脇腹に当てられ、筋肉が攣るような痛みに仰け反り息が漏れ、受け身も取れずに顔からそのまま崩れ落ちた。

意識を失う寸前に倒れる僕の背中が見えたような気がした。

「ヤメロ!　そいつに手を出すな!」とハーランさんの叫ぶ声が聞こえ意識が回復した。

多勢に無勢と思ったのだろう。逃げようとしたところへ、走ってきたジーナがその勢いのまま容赦なく後頭部を殴り前のめりに倒れたが、跳ねるように起き上がり手に付いた鼻血を見てジーナを殴り返そうと目を凶悪に光らせた。

しかし、それをハーランさんたちが囲み睨みつけ動きを封じた。

程なくして警察が来て手錠をハメたが、最後の抵抗をしようと狂ったように怒鳴り声を上げた。

「お前ら顔を覚えたからな！　全員ぶっ殺す！」

暴れる男を警察官4人掛かりでパトカーに押し込んだ。

走り去る警察車両の後ろ窓からずっとこちらを睨み続けた。

ティッピーの裏手には救急車も出動し祭りの雰囲気は一変した。騒ぎを聞きつけた野次馬や酔っ払いたちの怒号が飛び交い、大変な騒動になりそうなのをパーシーとロッキーがどうにか辛うじて抑えていた。

「祭りの喧嘩には絶対に関わるな」とハーランさんが隣のティッピーに僕を匿った。

「しばらく、そこにいろ」と言い残しティッピーから出て行った。

スタンが、ティッピーに入ってきた。

「面倒なことになったな。外は大変な騒ぎになっている」

「いったい、なにが起こっているのですか？」

「あの男は居留地に薬物を卸しているギャングだ。祭りの熱気に乗じて息子を殺めるつもりだったのだろう。息子は、ダスティンを殺害した犯人を捜そうとＦＢＩに協力していたと言う嘘の情報を居留地中の売人たちに流した。それを真に受けたギャングの報復だろう。それにこれを見てくれ」と古びたナイフを大事そうに手のひらに載せていた。

「これと同じような物を見たことがあります」とロッキーに見せてもらったレプリカを思

い出した。

「これはジェロニモのナイフだ。墓から骨と一緒に盗掘された物だ。このナイフには私のご先祖様が祈禱した祈りがまだ残っている。だから、同じ家系のエイブラハムを殺められなかったのだろう。しかし、なぜ、エイブラハムを襲った犯人がこれを持っていたのかが不明だ。おそらく私が思っている以上に大掛かりな組織が関わっているのだろう」と言い終えナイフを丁寧に布で包んだ。

「これは警察に証拠物として渡せないくらい大切なものだ。可能であればジェロニモの墓に戻したい。しかし、どうすれば良いのか見当もつかない」とため息をついた。

「さて、どうするフユト？　二つに一つだ。このまま、無事に居留地から出ていくか？それとも、危険を覚悟をして祭りを最後まで見届けるか？」

「祭りを見届けます」

「本当にそれでいいのだな？　ハッキリとしたことは言えないが、私が推察するに悪霊を送り込んだ張本人が現れる。それも今夜の儀式だ」

「はい」

「では、今夜の儀式にガン・ダンサーとして私をサポートして欲しい」

「頑張ります」

「それと、君の安全を確保しないと、心配するな。私たちが君を守る。君は容疑者逮捕の件には一切関わってはいない。口裏を合わせよう。夕食はどこで食べた？」

「ロッキーの家です」

「そうだったな。では、夕食後は、ここにワシと2人で儀式の準備をしていたことにしよう。もしも、警察に聞かれたらそう答えるのだぞ」

「はい」

ティッピーにジーナの従兄の副署長が入ってきた。

「エイブ達は証人保護プログラムで保護される」

「そうか、しばらく会えなくなるのだな」

「ええ、少なくとも公判が終わるまでは会えません。フユト、怪我はなかったか？　エイブがお礼を言っていたぞ」

「僕はなにもできなかった」

「そんなことはない。君が容疑者を追いかけたと聞いたぞ。大手柄だ。あのまま逃げられていたら容疑者を国外に逃がしていたかもしれない」

「そうなれば、サラやダスティンの友達の気持ちも少しは晴れるだろう。しかし、出来れば報告書にはフユトの名前を外してもらいたい。容疑者を追いかけて捕まえたのはジーナで、フユトはここで私と儀式の準備をしていたことにするのはどうだろう？　もしも、なにか不都合が生じたときには必ず協力する。私の言葉を信じて欲しい」

「わかりました。協議します」と言い副署長はティッピーから出て行った。

上半身を黒くボディーペイントをするのにTシャツを脱いだ。その時に左の脇腹には蛇に噛まれたような白い火傷と裂傷ができているのに気付いた。

左肩から右腰に白い線を斜めに引き、そこに4つの三日月をスタンが描いた。衣装を身に着け木製の大きな王冠が付いたマスクを被った。

「前を踊るガン・ダンサーの動きに合わせて踊ればいい。もしも、体が軽くなり勝手に動こうとしたときは、それを抑えようとせずに身をまかせなさい」

「わかりました」とティッピーを出た。

隣は黄色のテープで囲われ、そこにはポリス・ライン・ドゥナット・クロスと黒字で印刷されていた。機材を持った鑑識がそのテープをくぐるのを横目に、前を歩くガン・ダンサーに続いた。

葉っぱのトンネルを抜けフィースト・グランドにガン・ダンサーたちが並ぶとスタンたちがドラムを片手に歌い始めた。

「へーイ、ヨハッネーエー、へーイ、ヨハッネーエー。デワセニ、ハビコ、シカニミェリユカナ、ハセボノシカリ、デワミェリユカナ。へーイ、ヨッハッネーエ。へイへイ、ヨハネー」

風が強まり暗雲が垂れ込み弓張月を隠し闇が濃くなりフィースト・グランドの中心あるキャンプファイヤーは風に煽られ火力が強まった炎の先は斜めに鋭く走った。

ガン・ダンサーたちが両腕を上げると同時に雲の中に稲光が走った。風に流された霧雨にしっとりと濡れたせいで衣装が重くなって息が上がって辛くなった。次第に雨粒が音を立て始め地面を弾き小さく砂煙を立てた。

そして、とうとう、篠突く雨に足場がぬかるみ閃光と同時の雷音に、観客たちは耳を塞いで頭を低くしながら蜘蛛の子を散らすかのようにその場から走り去った。

フィースト・グランドには僕らだけが取り残されたが、スタンは動じぬことなく歌い続け、天空の神と地中の悪魔が戦っているかの様相に、ガン・ダンサーたちは取り憑かれたように更に激しく踊り始め、歌い手は激しくドラムを叩き叫ぶように声を張り上げた。僕はドラムの音を頼りに眼を閉じて身を任せた。重かった体が軽くなり、オートマチックのように勝手に体が動く不思議な感覚は時間がゆっくりと感じ、歌声にエコーが掛かって響くように聴こえた。

目を再び開け、そこにはガン・ダンサーの踊る影に紛れて白鹿の姿が炎の周りを走っているのが見え、儀式を忘れその鹿を追うように童心に戻り鬼ごっこをした。

それが僕を追い越すときに毛並みが触れるのを左脇腹に感じた。

すると、視界に光が溢れ、それに包まれ、俯瞰的に儀式の様子が見えた。

その中には僕の姿もありひとつの空間に僕が2人存在しているかのようだ。

或いは、魂と体が別々になったようでとても不思議な感覚だった。

もう一つ、不思議なものが突然現れた。

スタンドの最上部に座る黒い人影が立ち上がり、そして、煙のように変形し始めスタンドの下へと伸びていった。

それには邪悪なものを感じた。

多分、あれが悪霊の本来の姿なのであろう。

長くて黒い煙がフィースト・グランドにゆっくりと降りてきた。

スタンは、それに気づき呪文を唱え対峙した。

その悪魔祓いをする姿には鬼気迫るものがあったが、しかし、悪霊が彼に巻き付き体の自由を奪いもがき苦しんだ様子が見えた。

僕はどうすることもできずただ祈った。

そのとき白鹿がヒューと高い声で啼いた。

黒い煙が白鹿に襲いかかった。

その隙にスタンは白い革袋を取り出し、トリニティサイトの小石を黒い影めがけて投げつけ命中した。

それを嫌がり竜のように変形しながらクネクネと空に逃げようとしたが、そこに雷がスタンドに落ち、最上部に座っていた黒い人影が段々になっているスタンドの一番下まで転がり落ちた。

雨音や雷鳴は消え去り僕は意識を失った。

時折、パチッ弾けるような音が微かに聞こえた。

意識が戻り始め辺りを薄目を開けて見回した。

小さな焚火のオレンジ色の光がぼやけ目に入った。

どうやらティッピーの中にいるようだった。

隣にはスタンが座っていた。

僕は白鹿や空から儀式の様子を見ていたのを話し、そして、黒い影の正体について聞いた。

「それがヴィジョンだ。つまり、霊的な力で見えないものが見えるようになることだ」と焚火を見つめるスタンは雨に濡れたまま、ぽつりぽつりと話し始めた。

「儀式の最中に私もヴィジョンを見た。やはり、悪霊を送ったのはあのスタンドから落ちた男だった。黒魔術を使う呪禁師がいるとは聞いていたが、まさか、それと対峙するとは思わなかった。我々の一族は長く精神世界の中でも闘ってきたが、しかし、それもこの儀式で完全に封印できた。これでやっと安心できる。この世には悪魔のような人間も存在している。それは人の魂を奪い自分自身の力にするような輩だ。君はなぜそんなことができるのかと顔に書いてあるが、太古よりそう言ったものは存在しておるのだ。どんなに文明が発達してもなくならないし、その理由もないのだよ。あの黒い影を太古の蛇と呼ぶものもいる。ダスティンは居留地を守るためにそれと闘って命を落とした。そして、彼の死の真相をさぐるエイブラハムを邪魔に思い、呪うだけでは足らず実力行使したのであろう。あるいは我々一族に恨みを持つ者だったのかも知れない。だとしても、我々は力を合わせて完全に勝利した。そして、あの白鹿はアパッチ族の精霊で癒しの力を持ち、我々をいつも守っているのだ」

「時として、守護精霊は言霊を発するのだが、なにか声を聞いたか？」

「ええ、確かに声を聞きました」

「それはなんと言った？」

「フユトよ。お前はこの世で誰も助けてくれないのをわかっているな。自分の足がお前の友、自分の頭がお前の友、そして、自分の目がお前の友と言っていました」

　それを聞いたスタンは真顔で数回うなずいた。

「その言葉は代々アパッチ族の父親が息子に伝えてきたことだ。ジェロニモは妻と子供を3人亡くし絶望の底で守護精霊の声はこう言ったのだ。ゴリヤテよ。お前は弾丸では死なない。私が銃から弾丸を抜くから、敵の銃には火薬しか入っていないという言い伝えがある。この声を聴いたことで守護精霊との交流の始まりや数々の伝説を残し、戦いの酋長と呼ばれた。フユトもその声を聞いた。それは良いサインだ。守護精霊の言葉はつまり、自分の本能と感覚を信じて道を進みなさいということだ」

「自分を信じるということは、なかなか、難しいことだと思います」

「そうだ。だからこそ、自分自身を信じるのだ。フユト。その結果が悪くても良くても受け入れるしか魂の成長はないのだから他人の意見に耳を貸すな。もし、それで失敗でもしてしまったら恨みしか残らないが、自分自身で選択したことは、それがうまくいってもいかなくても魂は満足するのだ。結果よりもその過程が大切だ。それが道というものだ」

「生きるということは本当に大変なことなのですね」
「そうだ」

第19章　別れ

あのスタンドを転げ落ちた死体は不慮の事故扱いとなった。

毎年、祭りのときは死人やケガ人が出るらしいと後から聞かされた。

それ以外は、なにごともなかったかのように祭りの後片付けを坦々と手伝いティッピーや葉っぱのトンネルがなくなり土埃がフィースト・グランドに舞った。

あの儀式で見たことはスタン以外には誰にも言わなかった。

不思議なことにあの儀式の後、ボディーペイントを洗い落とすと火傷と裂傷は消えていた。

いろいろとありすぎて、まだ、頭が整理されていなかったが、新聞にはエイブラハムを襲った犯人のＤＮＡ型がダスティンの爪の間から採取された皮膚片と一致し、ラウル・カステナダス27歳を殺人罪で再逮捕したと書いてあった。

今回の事件とは別にメキシコ政府とＣＩＡによる、麻薬カルテルの大規模な捜査が始まるニュースが流れた。

どうやら、麻薬組織同士の抗争によって、観光旅行中のメキシコでアメリカ市民が巻き込まれてしまったからだった。

それを受けてアメリカ大統領がツイッターで「メキシコは今、アメリカの支援を受けて麻薬カルテルに戦争を実行し、地上から一掃する時を迎えた」と表明した。

そんな報道を眼にしても麻薬組織なんて関わりのない世界だと未だに思っているし、もう、二度と一切関わりたくはなかった。

ところで、ロッキーの姉ケイトは、ステューデントローン返済のためにカジノに就職し居留地の外にアパートを借りた。

ロッキーは、景品のカウボーイハットにスチームを当て帽子の鍔を鋭角に反らし、古いカウボーイハットを僕にくれた。それにはニジマス釣りに行ったときに拾った鷲の羽根の根元部分に白と青のビーズで飾り縫い込まれていた。

最近始めた乗馬は落馬した次の日も「今日、馬に乗るのをやめたら一生、馬に乗れなくなるよ。誰でも最初からうまくできないのだから甘えるな」と叱られ、スパルタ教育のロッキーが縄を引く馬に無理やり乗せられた。

その成果もあって1人で鞍を載せホワイトマウンテン周辺を散策するまで上達し、多少無理もできるようになりカウボーイブーツが必要になっていた。スニーカーだと鞍のステップ（鐙）に踵が引っかからず、力を入れて踏ん張って止まるときに滑ってしまうことが度々あったからだった。

夏の終わりが近づき秋の風が吹き始め、別れ行くこの土地に思いを馳せながら1日1日を大切に過ごした。

明日の飛行機で帰国する。

帰国前日の夜中に誰かが窓に小石のようなものを投げてパチンと音を立てた。

そっとカーテンを少しだけ開け窓の外を見たら、エンジンを掛けたままのハーレーの横にエイブラハムの立ち姿が見えた。

「エイブ。もう会えないと思っていた」と窓を急いで開けた。

「ちょっくら、抜け出してきた」

「大丈夫なの？　どうしたの、そのバイク？」

「ちょっくら、借りてきた」

「まるで西部劇みたいだね。盗んだバイクで証人保護プログラムから抜け出してくるなんて」

「目の前に鍵の刺さったバイクがあったらチャンスって頭に浮かぶだろ。アパッチの精霊のおぼしめしだよ、フユト。明日、日本に帰るのだろ。お別れを言いに来た」

「ありがとう。僕はエイブに出会えてよかったよ」

「いろいろと巻き込んでしまって、なんか、わるかったな。それで、これ餞別な」とメディスン・バッグを手渡された。

「チョット、待って」と、バックパックからカラスの刺繍が入った地元の神社で買ったお守りを外してそれを渡した。

「グッド・トレード。じゃぁ、またな。それと俺が来たこと誰にも言うなよ」とバイクに跨った。

　バイクのライトが見えなくなっても、しばらく夜明け前の風景を名残惜しんだ。

　昼過ぎにバイクの後部シートにバックパックを括り付けた。

「ナンドゥッセッ。フユト」

「イシャヘッ」

「ジュリアッテ」

「ナンドゥッセッ。ロッキー」と固く握手した。

道路から牧場を見ると、馬たちが道路沿いのフェンスに見送るように集まっていた。

後ろ髪を引かれる思いに手を挙げた。

すると、ガンスモークがいななきを上げた。

馬たちは僕がここから出て行くのをわかっているのだろうと思った。

スタンの家の前にバイクを止め、玄関のポーチのロッキングチェアに座っていたスタンに別れを告げた。

「皆、ここから出て行ってしまうのだな。寂しくなるな。約束をしていたアパッチ族に伝わる秘伝を口承しなければな。いつも長々と話してしまうから今日は手短にしよう」と話を切り咳払いをした。

「まずは、長く生きることだ。そして、大きく円を描くように生と死を繋げることで人生は完成する。我々は、それをグレート・サークルと呼ぶ。フユトはそこにどんなものを描きたいか？」

「まだ、わかりません。でも、大きなものを描いてもいいような気がします」

「そうだ。大きな絵を描くように君だけの道を進みなさい。それを俯瞰的に見れば大きな円になっているのだから、この先、君は小さなことを気にしてくよくよする必要もないし、変な罪悪感に縛られることもない。だから、アパッチ族はいつまでも自由なのだ。他人に対して尊敬心を忘れるなよ。そして、多くを望み過ぎるな。それは迷いを生むだけだ」

「はい。ここで学んだことをすべて理解したわけではありませんが、忘れないようにします」

「そんなに謙遜することもないだろう、君らしくもない。私と初めて会ったとき、いきなりアサベスキンを話し、自分はアパッチだと言ったのは誰かな？　君がアパッチ族にとって相応しい人物だと私に証明してくれないかな？　それでは最後の質問をしよう。君の人生に一番大切なものは？」

「時の流れです」

「それは何故かな？」

「金持ちや貧乏、そして、肌の色に関係なく、全ての人類にとって時間の流れが唯一平等な価値観だからです」

「全人類とか大風呂敷を広げる辺りが君らしくていい解答だが、まだ、まだ、知恵が浅いな。もっと、本質的なことだぞ。ヒントは動物にも当てはまる」

ヒントを聞いて更に判らなくなった。

「それでは、どう答えれば良かったのでしょうか？」

「人にとって一番大切なのは呼吸だよ。それは生まれたときから死ぬまで絶え間なく続くからだ。これからは君自身が問いを創り、そして、その解答を君自身で探しなさい」

「はい。でも、すでに、やってきたような気がします」と聞いたスタンは笑い始めた。

「そうだな。若い時にたくさんの疑問を持つことはとても良いことだ。それらの回答は望まなくとも自ずとやって来るはずだ。その積み重ねが知恵となり、やがて道になるのだ。ここで起きたことと見たことや聞いたことを忘れるなよ」

「そう致します。それでは僕は行きます。本当にお世話になりました。ナンドゥッセッ」

「さらばじゃ。もう、なにも心配するな、お前にはアパッチの守り神がついておる。ドンと胸を張っていればよいのだ」と、にっこり笑いながら背中をポンッと叩いた。

今日は法定速度でバイクを走らせて風景を楽しんだ。

カリゾゾの街で給油し、いつものようにベンチに座り、バックパックからインディアン・フルートを取り出し初めて吹いてみた。

すると、つむじ風が十字路で砂煙を上げ、どこからともなく足元に灰色のふわふわしたのが転がってきた。

そっと拾い上げ空を見上げた。

その空はジョージア・オキーフが描いたようなペールブルーに砂漠の地平線がどこまでも続き、何の為にという問いの解答は、この風の中にあるのだろう。

THE END

あとがき

世の中には社会から切り離された場所や人々が往々にして見落とされるものがあります。

インディアン居留地は、そう言った場所のひとつだと実感しました。

夏の祭りや冬のスキーにハンティングと言った楽しいときもありますが、常に非常に深い孤独や喪失感を肌に感じ、それは観念的な正義による無意識な悪意や誤解で平等や公平性の副作用から逃れられない不条理があるのだろうと推察されます。

なにが正しくて、なにが間違っているのか？

それらを意識しましたが、なかなか、直視して表現できないものです。

私が筆を執った理由のひとつがアメリカに対して以前のような憧れや魅力が色褪せたような気がしたからでした。

今が歴史の分岐点になるのかもしれません。

それはポールシフトのような善悪の大転換が起こる機運が高まっているのでしょう。

本書は私の高校と大学の留学体験をもとに起筆しました。

多感の時期にアパッチ族の人々との出会いは私の人生にとって大きな影響を及ぼしまし

た。

いつか、居留地で見聞きしたことを本にまとめたいとメディスンマンに話していたのです。

すると、彼はアパッチの伝承を沢山話してくれました。

彼は特にマウンテンガットの話が得意でなんども聞かされましたが、毎回話が少しずつ違うように思えました。

もしかすると、まったく同じ話をしているのですが、聞き手だった私が少しずつ変容していたのかも知れないと、あの時が如何に貴重な時間だったかと思い返しました。

本書に記載されたメディスンは儀式で実際に使用されているものです。

チチュバテは（Radix Ligustici Chuanxiong）で、漢方では川芎《せんきゅう》と呼ばれ主に止血作用があり、ポーリンは蒲で漢方では、その花粉を蒲黄（Typha Angustifolia）といい、止血や火傷に用いられます。

これらのメディスンはいずれも止血作用があります。

有史以来、怪我による止血がいかに重要だったか、それが口伝で受け継がれてきたのでしょう。

それがネイティブアメリカンの言うところの知恵なのかも知れません。

表紙の写真は、２００９年の夏に撮影されたカミング・エイジ・オブ・セレモニー（成人の儀式）です。

白い鹿革の衣裳を身に付けた女性がジェロニモの孫で、その後が彼女の母親、そして、右側のサングラスをかけ茶色の服を着ているのが祖母の三代と親戚一同のポートレートです。

この儀式はアパッチ族が長い歴史を通じて培い、伝えてきた信仰と風習の精神的在り方に、部族の秘められた力を感じました。

著者プロフィール
千樹 豪（せんじゅ ごう）
学歴
Menaul School 卒業
South West Acupuncture College 卒業
既刊の著書
『パッとしないオレらの歌、もう一度バンドやりたかったなぁ』
株式会社文芸社刊 2015年

ジェロニモの末裔 Descendant of the Geronimo

2022年1月15日 初版第1刷発行

著　者 千樹 豪
発行者 瓜谷 綱延
発行所 株式会社文芸社
〒160-0022 東京都新宿区新宿1-10-1
電話 03-5369-3060（代表）
03-5369-2299（販売）

印刷所 株式会社暁印刷

ISBN978-4-286-23254-6